Pronunciaré sus nombres

Tamara Trottner

Pronunciaré
sus nombres

Pronunciaré sus nombres

Primera edición: noviembre, 2024

D. R. © 2024, Tamara Belia Maus Trottner

D. R. © 2024, derechos de edición mundiales en lengua castellana:
Penguin Random House Grupo Editorial, S. A. de C. V.
Blvd. Miguel de Cervantes Saavedra núm. 301, 1er piso,
colonia Granada, alcaldía Miguel Hidalgo, C. P. 11520,
Ciudad de México

penguinlibros.com

ISBN: 978-607-385-212-8

Impreso en México – *Printed in Mexico*

Para Alexis, José Moisés, Iván.

Ustedes existen porque ellos se atrevieron.
Ustedes…
Mi legado.
Mis brújulas.
Mis razones y mis respuestas.

Para Cassandra, que diste un vuelco a mi vida.
Hoy, gracias a ti, la abuela soy yo.

Para Marcos, porque todo es porque tú y yo somos nosotros.

*Solo la persona que ha probado la luz y la oscuridad,
la guerra y la paz, el caerse y el levantarse,
solo esa persona ha experimentado realmente la vida.*

STEPHAN ZWEIG

*El humano se vuelve simbólico, y los símbolos son peligrosos,
fáciles de odiar.*

IVÁN CHEREM

Atreverse a sobrevivir es un enorme acto de valentía,
muchas veces es más fácil rendirse.

Primera parte

1985. México

No te regreses sola, me dijo, adentro de la ambulancia. Tendré que recordar esas como sus últimas palabras. Palabras de abrazo.

Regresé, pocas horas después, acompañada de los que tanto lo queríamos y cargando el desconsuelo de mi primer muerto.

Moishe. Mi *zeide*. Mi tan adorado viejo.

Al morir mi abuelo, nació mi sed por descubrir su historia. Hasta entonces me bastaba con escuchar sus relatos. Me contaba fragmentos que recordaba de pronto, como si un olor o la forma que toma la luz al entrar a cierta hora por la ventana lo remitieran a un instante y, al platicarlo, pudiera revivirlo.

Él fue el primero en saber que sería escritora. Cada vez que me sentaba a su lado me relataba momentos de su vida, con la certeza de que los guardaría con esmero en algún rincón de mi memoria, para reconstruirlos después. Pero casi nunca sabemos cuándo será después, hasta que llega, golpeándonos con la contundencia del presente. Al decidir narrar la vida de un ser tan querido, ese después suele suceder cuando fallece.

El final que trae la muerte es rotundo, ensordecedor, categórico. Ya no. Ya nunca.

En el panteón, un rabino asignado por la comunidad decía palabras acerca de mi abuelo, a quien nunca conoció. Frases hechas que me daban náusea, porque yo sí sabía quién había sido el hombre que ahora era un cuerpo pequeñito, metido en una caja de pino cubierta con un paño de terciopelo azul bordado con letras hebreas y una estrella de David. Yo fui su nieta favorita, quizá por ser la más pequeña o porque la ausencia de mi padre me llevó a verlo a él como esa figura que consiente, enseña y compra un helado a deshoras, aunque te quite el hambre.

El rabino elogiaba la generosidad de quien había sido pilar en la comunidad. Un caballero, padre de familia, casado por más de sesenta años con Ana, mi abuela, que de pronto hizo lo que yo quería hacer, pero no me atreví. Supongo que suficientes arrugas y una recién estrenada viudez te otorgan permisos que los jóvenes no tenemos. Mi abuela señaló, en voz fuerte: Usted no lo conocía, no puede hablar de mi marido sin saber quién era. Se hizo un silencio contundente, el religioso carraspeó un poco y con un rezo dio por terminado su estúpido discurso.

Diez hombres de la familia cargaron el féretro. Con mirada sobria colocaron la caja junto al agujero, que ya para siempre será tumba. A un lado esperaban cuatro trabajadores del panteón. Al ver sus caras, pensé que eran las mismas que tienen los dependientes de un estanquillo cuando llega el camión repartidor de Coca Cola: la mirada fija en la mercancía que deberán acomodar en los anaqueles antes de poder checar su tarjeta de salida e irse a casa. Como declama un niño el poema que le tocó aprender y recitar frente a los ojos llorosos de las madrecitas en su día, el rabino regañado recitaba los rezos correspondientes. Los enterradores de la miscelánea de la muerte fueron bajando la caja a la fosa, despacio, con el cuidado que les exigíamos, porque, aunque el de adentro ya está muerto, los vivos lo seguimos viendo como era ayer, y ayer lo cuidábamos porque era viejo y frágil, y lo queríamos tener a nuestro lado muchos años más.

Me acerqué. Me dolió pensar cuántas anécdotas se estarían enlodando, cuántos instantes que ya no serían platicados con sonoras risotadas. Te prometo, le dije quedito, que voy a escribir tu historia.

Al volver a su departamento, la familia más cercana comenzó a sacar objetos de los cajones, en especial fotografías viejas. No sé por qué, pero en todos los velorios esa es una actividad recurrente.

Entré a su recámara. Para entonces mis abuelos dormían en cuartos separados y el de mi abuelo era pequeño, una cama individual con cabecera de marquetería que hacía juego con un *boudoir*, los dos demasiado femeninos. Imagino que habían pertenecido a alguna de mis tías y cuando el viejo matrimonio decidió tener cada uno su espacio, el esposo fue quien se movió. Supongo que pensó en usar esos muebles mientras compraba unos nuevos. Es común que nuestros mientras se arrastren hasta el para siempre.

No recuerdo haber entrado a ese espacio hasta pocos meses antes. La puerta estaba siempre cerrada y nada adentro llamaba mi atención. Sin embargo, desde que mi viejo empezó a debilitarse, dejó de ir a la mesa del antecomedor, que era donde nos reuníamos a platicar, comer garibaldis, jugar dominó y sorber té hirviendo servido en vaso de cristal y acompañado por un cubito de azúcar. Los últimos meses, Moishe se quedaba en su cama y mientras el resto de las visitas seguían la rutina del té con chisme, yo me escabullía para estar con él. Me sentaba con cuidado a su lado y él abría los ojos, que se le llenaban de sonrisa al verme. *Sheine ponim*, murmuraba.

El día de su muerte, al sentarme en la cama que todavía conservaba su olor, al ver la almohada hundida por la cabeza que apenas hacía unas horas despertaba ahí, me desplomé. La muerte resulta contundente cuando se vuelve ausencia de lo cotidiano y de los momentos que añoras seguir compartiendo. Lloré porque ya no estaba, porque no estaría el día de mi boda, porque no conocería a mis hijos, a aquel que hoy lleva su nombre y del cual estaría tan orgulloso. Lloré porque no pude, una vez más, escuchar su cariño ni ver su boca sonriendo. *Sheine ponim*, me susurré, tratando de sentir su mano cubierta de manchas oscuras acariciándome la mejilla.

Regresé a donde los familiares sacaban los álbumes y las fotografías que habían quedado abandonadas en algún cajón. Instantes revueltos, unos a color y otros, más viejos, en blanco y negro. ¿Te acuerdas?, fue el viaje que hicimos… Míralo, qué guapo… Aquí está con sus tres hijas, ¿Ya viste, mamá, el moño enorme que traes en la cabeza? Y entre lágrimas se cuelan risas y entre las risas, algún sollozo.

Saco una foto. Quizás la más antigua. Aparece mi abuelo de veinte, tal vez veintidós años. Aunque la imagen es en blanco y negro se intuye la mirada verde, viendo al frente, muy serio, como se debe encarar el futuro cuando queda al otro lado del océano, ahí donde intuimos que se desdibujará la vida que tan cuidadosamente habíamos planeado. Mirada seria para que no se note el miedo que borbotea en el estómago. En ese entonces, las familias contrataban fotógrafos que se reunían en la plataforma cada vez que salía un barco de Europa hacia América. Aunque tuvieran que gastar el dinero destinado a comer los siguientes días, optaban por plasmar la imagen con la que recordarían a sus hijos. Conocían quién subía al barco, nunca quién descendería de él. Las historias de cuerpos tirados al mar eran muchas. Si alguien enfermaba, lo aislaban en las bodegas oscuras y húmedas para evitar contagios. Si el enfermo se negaba a morir durante el trayecto, como de todos modos jamás le permitirían la entrada a América, moriría de seguro en el viaje de regreso. Los pasajeros, temerosos, acompañados por la angustia de saberse sin casa, sin raíces, sin protección, contaban historias en las que algún cuerpo, aún no cadáver, era arrojado a las aguas turbulentas. Callaban aquellos que sospechaban que la persona respiraba, aunque fuera su último aliento. Lloraba, si acaso, algún familiar. Pero lo hacía quedito para no llamar la atención. Ya casi llegamos, se decían y llegar quería decir seguir adelante por aquellos que aún subsistían y los necesitaban vivos.

Ahí está Moishe en la fotografía, en la plataforma de embarque, mirando hacia algún horizonte en el que quizás veía a sus hermanos. Dos años antes se había decidido que los hijos menores harían el viaje para abrir el camino al resto de la familia, mientras los mayores ayudaban a vender todo lo que habían sido sus vidas. Los primeros dos hermanos llegaron a Nueva York y se establecieron. En cada carta la letra era más firme, las historias más optimistas. Alguna vez, incluso, enviaron algo de dinero.

Después les tocó zarpar a los siguientes, Moishe y Meyer. Ahora son ellos los que aparecen en las imágenes que les fueron entregadas a los papás unos días más tarde. La de mi abuelo cruzó el océano para que hoy, setenta años después, yo la pudiera acariciar, con la yema de un dedo tembloroso. La contundencia de una despedida siempre nos hace temblar.

De pronto, mi zeide que ayer estaba vivo y viejo, ahora está muerto y joven. En ese instante, preservado en papel y bromuro de plata, es más chico que yo, la más pequeña de sus nietas. Empezaba su nueva vida gracias a la cual yo tengo la mía, en México, sin necesidad de escapar, sin que me violen los soldados rusos, sin ser golpeada por ser judía.

Decidió zarpar a un destino imposible de imaginar, como miles, millones de abuelos que al hacerlo no eran todavía abuelos. Sin embargo, llevaban en su mente la decisión de salvar a sus futuros hijos de un continente que ya no podía llamarse hogar.

Ayer, mi zeide aún envejecía. A partir de ahora iremos envejeciendo los que permanecemos. Su historia, la que le prometí escribir, empieza cuando era casi un niño. Así, volverá de la muerte al comienzo de su vida, con los guiños de unas teclas.

1900. Kiev

Voy con el siglo, decía Moishe muy orgulloso, aunque todos sospechábamos que había nacido a finales de los 1800. En realidad, unos años más o menos no tienen importancia en una vida que comenzó cuando la luz eléctrica era un invento reciente y muy poco usado, y terminó cuando el internet devoraba para siempre el planeta.

De mi abuelo debería saber mucho, sin embargo, es complejo. Cuando era apenas una niña escuchaba sus cuentos con asombro. La intención de guardarlos en las vísceras, donde las escritoras almacenamos los recuerdos para después convertirlos en letras, llegaría mucho después. Ahora, al tratar de armar una línea del tiempo más o menos congruente, me doy cuenta de que debo acudir a archivos y documentos históricos. Pregunto a personas que llevan la vida intentando hacerlo, miembros de la comunidad judía que han escrito libros, coleccionado archivos fotográficos. Hablo con aquellos que vivieron en días cercanos al comienzo de la novela que ahora pretendo reconstruir. Se van apilando en mi escritorio pasaportes, documentos de identidad, imágenes en sepia y poco a poco los escucho contar fragmentos de esta historia.

Comprendo que saber con certeza algo de los habitantes de la Europa Oriental del siglo XIX resulta casi imposible. Los datos son escasos y se complican aun por el idioma; algunas personas aparecen con su nombre en yiddish, una lengua formada con elementos del alto alemán, hebreo, francés antiguo y dialectos del norte de Italia. Otros están inscritos en polaco o ruso y muchas veces con algún apodo, o con el primer nombre en el lugar del apellido. Para acabar de enredar las cosas, cuando llegaban a América los inmigrantes, pobres y desesperados, pocas autoridades ponían atención a sus voces afónicas por el miedo, por haber sido tantas veces calladas a golpes y balazos. Voces sobrevivientes que aceptan cualquier imposición con tal de atravesar una frontera y llegar a lo que, de alguna forma, puedan llamar «hogar». Al menos, «casa».

Frente a mi computadora decido empezar a contar su historia. Cierro los ojos y trato de escuchar lo que algún día me platicó mi viejo. Viene un nombre a mi memoria. Lo escribo en Google. Aparecen un lugar, un barco, un apellido.

Moishe nació en Makíyivka, Ucrania. A los pocos meses, lo llevaron a la gran capital. Por primera vez en siglos, Kiev gozaba de paz y se desarrollaba a pasos veloces. En esa época se fundaron la primera universidad, el teatro y la ópera. Sus ciudadanos pudieron gozar de inventos fabulosos como el teléfono y el telégrafo.

La familia de Moishe era rica. No a los niveles de los aristócratas o los nobles de Kiev, pero podrían haber comprado una propiedad en alguno de los barrios más acomodados. Sin embargo, había una ley en Ucrania que obligaba a las comunidades judías a vivir en zonas delimitadas dentro de las ciudades. Al principio fueron los mismos judíos los que decidieron relegarse porque les gustaba vivir juntos, cerca de la sinagoga. Les gustaba comprar carne *kosher* con su carnicero y encargar sus trajes con su sastre, y así se fueron formando calles judías, colonias y guetos. Y después cárceles y después mataderos, pero eso fue después.

Salomón Trachtenberg, el patriarca, mi bisabuelo, tenía un don para hacer negocios y un carisma que conquistaba a gentiles y paisanos por igual. Jamás había faltado a su palabra y se contaba en las tabernas que un día entregó a su yegua favorita para pagar una deuda adquirida por su hermano. Un apretón de manos con Trachtenberg era más valioso que un papel sellado por los consejeros del zar.

Salomón, Jasia y sus siete hijos vivían en una casa propia que incluso tenía el lujo de un patio trasero. Eran dueños de un buen negocio, capaz de mantenerlos a ellos y a sus futuras generaciones. A finales del siglo XIX, la comunidad judía había crecido mucho, a pesar del habitual antisemitismo y de esporádicos pogromos en los que asesinaban a decenas o a cientos de miembros de la comunidad. En general, la vida era tranquila mientras se mantuviera sigilosa y dentro de las áreas permitidas. Salomón pensaba que sería siempre así. Tenía muchos conocidos en las altas esferas de la aristocracia, hombres con chistera y bombín cruzaban la calle para saludarlo. En ocasiones lo invitaban al club a fumar un puro y beber vodka en vasos de cristal de Bohemia. Solo a veces, pero era de los pocos judíos que conocía el interior del Club de Caballeros, por lo que se sentía, si no querido, al menos aceptado.

En esas épocas, los rusos pensaban en términos de generaciones; las transformaciones eran tan paulatinas que lo que empezaba a cambiar en tiempos de un recién nacido, terminaba de evolucionar con sus bisnietos. Las mismas tradiciones, la misma comida, los mismos rezos, los mismos miedos. El mismo odio añejo que se transmite de generación en generación y explota como pústula con tan solo rozar la superficie.

La primera vez que Salomón lo vivió fue durante el pogromo del 26 de abril de 1881, después del asesinato del zar Alejandro II, cuando durante tres días se quemaron y destruyeron más de mil casas y tiendas de judíos, y cientos de personas fueron masacradas, muchas de ellas por las fuerzas del orden que habían prometido cuidar a los ciudadanos. Es verdad que para ellos los judíos eran habitantes, vecinos, a veces incluso amigos, pero nunca verdaderos ciudadanos, así que liquidarlos no afectaba su conciencia. Él era un niño de tres años, escondido junto a su mamá y sus hermanos en una bodega de leña afuera de su casa. Al salir, percibió por primera vez el olor chamuscado del resentimiento, de la injusticia, de la muerte innecesaria. Y, sin embargo, esa imagen se fue diluyendo. Poco a poco la comunidad creció, se construyeron en la ciudad más de veinte sinagogas, un hospital y varios centros culturales, además de escuelas en las que los sionistas enseñaban hebreo y yiddish. Los judíos más prominentes comenzaron a ser parte de la vida política y económica de la ciudad.

Sin embargo, volvió a ocurrir. Cuando ya habían bajado la guardia, cuando empezaban a confiar en sus vecinos tan ucranianos como ellos, tan orgullosos de serlo. Fue el 18 de octubre de 1905. Entonces Salomón ya tenía cuatro hijos y la perturbación se volvió furia. Amaba Kiev, pero entendió que los aristócratas no moverían una pluma de sus elegantes sombreros para ayudarlo.

La única opción parecía ser América. No dijo nada, pero su mirada comenzó a girar hacia un horizonte mucho más lejano que las nubes sobre el espejo de agua del río Dniéper, eterno resguardo de sus ensoñaciones.

La llegada de la Primera Guerra Mundial y de la Revolución rusa terminaron por demoler el sueño de los habitantes judíos de Kiev que, a pesar y por encima de todo, llevaban viviendo ahí desde el siglo X. En las escuelas se enseñaba cómo en 1129 habían quemado la llamada «calle de los judíos». Y, sin embargo, aquí seguimos, decían orgullosos los maestros, mientras que los estudiantes se cuestionaban si aguantar una historia de persecuciones e injusticias era realmente motivo de orgullo.

1917. Kiev

No estoy preparado para ser zar, nunca quise serlo. No sé nada del arte de gobernar, ni siquiera sé cómo hablar a los ministros. A los veintiséis años, tras la inesperada muerte de su padre, Alejandro III, el joven Nikolái se encontró con una corona que pesaba en su futuro, hasta doblegarlo. Mi abuelo me cuenta que en Kiev la aristocracia se preocupaba por las malas decisiones del gobierno, sabía que en las calles los hambrientos eran cada vez más y se hablaba de rebelión, aunque parecía imposible que hubiera un levantamiento en contra de los Románov, supremos gobernantes enviados por Dios desde 1613.

Moishe me platica que su papá convivía con los más poderosos habitantes de la ciudad, los políticos, los millonarios; había encontrado un nicho de negocio tan genial como sencillo: viajaba a Odesa, donde se había hecho amigo de los principales mineros de sal, compraba los mejores lotes y los llevaba a Kiev para venderlos tras multiplicar el precio por cuatro. Los ricos estaban felices de presumir en sus mesas la sal blanquísima y, mientras más cara, mejor. Era de la más alta calidad. Solo la podían pagar los que tuvieran mucha *gelt*, me dice Moishe sobando sus dedos con el gesto que indica dinero. Durante las transacciones, Salomón se enteraba de cuanto chisme llegaba a la ciudad en boca de los que manejaban el país. Y el chisme más jugoso comenzó a ser la zarina.

Cuando Nikolái II decidió casarse con Alexandra en vez de con una noble de Francia sugerida por sus ministros y consejeros, hubo un enorme descontento. A nadie le gustó la elección. Los miembros de la corte rechazaron a la zarina desde el comienzo. Odiaban que fuera alemana y que nunca hubiera aprendido a hablar ruso.

En 1904 nació Alexéi, el ansiado varón. Después de cuatro hijas, por fin Nikolái y Alexandra podían estar tranquilos al tener un heredero al trono de los Románov. Sin embargo, la alegría duró poco. Al cortar el cordón umbilical, el ombligo del recién nacido no dejó de sangrar durante dos días. Hemofilia, no cabía duda, esa enfermedad hereditaria que transmiten las madres a sus hijos. La esperanza de vida del zarévich era como mucho de catorce años. Los zares se recluyeron en el palacio Alexander para mantener la noticia en secreto, ya que el debilitado trono se podría resquebrajar si sus enemigos se enteraban de que el heredero moriría pronto.

El verdadero problema surgió cuando llegó a la corte un tal Rasputín. Mi abuelo pronunciaba el nombre con un dejo de odio y miedo, de ese que eriza la piel a pesar de los años transcurridos. Grigori Rasputín. Un mal hombre se conoce por las pupilas turbias, decía mi abuela, igual que cuando vas al mercado a escoger un pescado, tienes que ver los ojos, cuando no brillan, es mejor desecharlo. Debieron de matar a ese señor, continúa mi zeide. Pero ya ves, se metió al palacio, se metió a la mente de los zares y, desde adentro, lo destruyó todo.

Deprimida y sintiendo una culpa enorme por haber sido ella la transmisora de la enfermedad, Alexandra buscó ayuda en todas partes, y fue entonces, cuando en noviembre de 1905 apareció Rasputín, el supuesto místico. De inmediato, los soberanos lo consideraron un amigo, lo invitaban a tomar té y a platicar, asombrados por sus conocimientos de las escrituras y de los poderes mágicos que clamaba tener y que, para los maravillados padres, se confirmaron cuando en 1907 el zarévich sufrió una grave hemorragia que se detuvo en cuanto Rasputín lo cubrió con sus manos y oró. Para los zares quedaba demostrado el poder milagroso del hombre que, a partir de ese momento, no se separaría de la zarina. Las malas lenguas hablaban, incluso, de un romance entre la soberana y el hechicero quien, al parecer, ejercía su magia en más de una asombrosa forma.

Cada día eran más las acusaciones en contra de Rasputín, que lo culpaban de conductas libidinosas. Su afición a la bebida, las aventuras sexuales con prostitutas y también con mujeres de la alta sociedad, solteras o casadas, escandalizaban a la capital. Sin embargo, los zares rechazaban estas historias como calumnias de enemigos que buscaban destruirlos.

En 1913, por la conmemoración del tricentenario de la dinastía Románov, Nikolái le regaló a su esposa un huevo de pascua de oro con brillantes fabricado por el célebre Fabergé. Cuando los aristócratas más importantes entraron a la iglesia de San Basilio y se encontraron con el odiado Grigori Rasputín ni más ni menos que sentado junto al zar, hablándole al oído en una evidente complicidad, perdieron la poca confianza que aún conservaban en la Corona.

En un atentado organizado por un grupo de detractores, el 30 de diciembre de 1916 en el Palacio Yusúpov de San Petersburgo, envenenaron y después dispararon al hombre que había enajenado a los zares. Alexandra se aferraba a la túnica de satén azul manchada de sangre que lucía Rasputín la noche de su asesinato. *La conservaba con gran fe, como una reliquia, un palladium o fuerza protectora de la que depende el destino de la monarquía*, escribió el embajador de Francia, escandalizado por la conducta de la zarina.

Casarse con ella fue la sentencia del zar, reflexionaba Moishe, por eso es muy importante escoger bien al marido. Me rozaba la mejilla y me cerraba un ojo. Todas las historias de mi abuelo terminaban con una lección de vida. Todas se fueron comprobando, a pesar de mi voluntad de romper reglas y brincarme las trancas de la sociedad.

Pues no, el zar no quería ser zar y yo tampoco quería dejar mi casa y a mi familia para ir a América. Los dos tuvimos que cargar con un peso que no creímos que nos correspondiera. Moishe me platicaba cómo habían seguido de cerca los últimos meses de vida del emperador y autócrata de todas las Rusias a través de las cartas que un vecino, miembro de la Guardia Imperial, enviaba cada semana. Los padres del soldado leían las misivas en voz alta debajo de la enorme copa de un *Kashtany*, muy orgullosos de que su hijo estuviera defendiendo ¡todo aquello que es valioso de Rusia!, vociferaban. Fue así como supieron que el zar y su familia se trasladaban a distintas residencias, tratando de escapar de la inminente persecución. Cada día eran más odiados. A lo anterior, se sumaban el fracaso militar en la guerra contra Japón y la Revolución bolchevique que había iniciado en marzo de 1917.

A mediados de 1918 dejaron de llegar cartas. Los padres del joven soldado palidecían ante los informes confusos y contradictorios traídos por los vendedores ambulantes y otros viajeros. Pasaron varias semanas sin noticias. En Kiev ya se sabía que había triunfado la revolución y la mayoría de las familias aristócratas empacaba enormes baúles, preparándose para huir.

Nosotros no pensamos en escapar, éramos una familia bien acomodada, teníamos lo necesario y hasta algunos lujos, siempre pensamos que esa posición nos ayudaba a estar lejos de las desgracias cotidianas que vivía el pueblo. Muy pronto nos dimos cuenta de que ser pueblo no es siempre cuestión de dinero, aunque en ese momento todavía no sabíamos que nos tocaría ser del grupo más afectado, me cuenta mi abuelo.

Una tarde apareció el joven soldado envuelto en polvo pastoso, olía a desesperación, a tristeza, a la impotencia de quienes han visto el horror de frente sin poder detenerlo. Pronto circuló la noticia de su regreso. Los curiosos llenamos la sala y después el patio de su casa. Unos escuchaban a través de las ventanas y repetían el relato a los que habían quedado más atrás.

Era de madrugada, cuenta el muchacho, sosteniendo un vaso de té humeante que tiembla al ritmo del estremecimiento de sus manos. *El 17 de julio, jamás voy a olvidar la fecha, los guardias esperábamos en las caballerizas, la familia Románov y las personas más cercanas dormían dentro de la casa Ipátiev, en la ciudad de Ekaterimburgo, a la que los habían llevado los bolcheviques diciendo que ahí esperarían antes de irse a Inglaterra.*

A la una y media de la madrugada los despertaron y les informaron que debían bajar al sótano. Cuatro de nosotros nos acercamos cautelosos. Un compañero nos explicó que los enfrentamientos entre las fuerzas bolcheviques y las contrarrevolucionarias amenazaban la ciudad y que, por su propia seguridad, los estaban escondiendo. Otros hablaban de una fotografía oficial que iban a tomar de la familia. Daba igual la razón, la realidad es que los bajaron a ese sótano y nosotros nos quedamos en la escalera, mirando a través de la puerta semiabierta.

Sentaron a los padres mientras Olga, Tatiana, María, Anastasia y Alexéi permanecían parados a su lado. El muchacho suelta el vaso de té y se tapa la cara. No quiere revivir el momento que, sin embargo, jamás podrá desvanecer de sus pesadillas. *Me mantuve muy quieto aguardando la orden de regresar a mi puesto. Cuando se habían acomodado, confiados en que solo sería una corta espera, entró un hombre rudo traído desde Moscú como jefe del escuadrón. Cargaba un revólver y lo seguían varios soldados armados con fusiles y bayonetas. Les comunicó a los presentes que habían sido juzgados y condenados a muerte. La familia imperial aún no lograba comprender lo que había dicho el hombre, cuando empezaron los disparos. Nos sorprendió que las balas rebotaban de los cuerpos, hasta que alguien se dio cuenta de que sus vestidos estaban forrados de joyas cosidas a la tela. Entonces se abalanzaron con bayonetas, clavando su filo una y otra y otra vez. Un compañero me jaló de la casaca. Tenemos que huir, susurró. Mi mirada se cruzó con la de Tatiana, una señorita hermosa y liviana que incrustó su miedo en mis pupilas. Quise lanzarme a ayudarlos, pero mi amigo, agarrándome de la manga de la camisa, me llevó afuera. No hay nada que hacer, repetía, si regresamos nos van a matar también. Tenemos que huir.*

Los balazos siguieron escuchándose durante mucho tiempo, mientras los compañeros de la Guardia Imperial corríamos hacia el bosque. Nos escondimos entre los árboles, algunos tomaron musgo del suelo y se lo pusieron en la cabeza y el cuerpo. Temblábamos del miedo a ser atrapados, pero no había a dónde ir. Al poco tiempo apareció uno de los sirvientes. ¡Les dispararon!, ¡los acuchillaron! gritaba en una voz mutilada por el horror. A ellos y a mi papá, y a otros. No sé a cuántos. Dispararon al doctor y hasta al perro. Los despedazaron como animales en una carnicería.

Permanecimos agachados, vencidos, sintiéndonos culpables y cobardes, aunque supiéramos que, a pesar de ser los guardias imperiales, no habríamos podido evitar la masacre. De pronto se escuchó el ruido de un motor, nos agazapamos entre las hojas y desde ahí vimos pasar un camión. Por las ventanas escapaban los gritos borrachos de victoria de los asesinos. No nos atrevíamos a respirar. Permanecimos en cuclillas, tratando de escondernos entre la maleza.

Entonces el camión se detuvo. Salía humo negro y se escuchaba el ruido de engranes rotos del motor. Diez hombres se apresuraron a bajar los cadáveres, los habían desnudado y los cargaban como trozos de fiambre. Por respeto, volteamos la vista hacia el suelo, aunque los cuerpos ya solo eran un amasijo de sangre. Los bolcheviques cavaron una zanja poco profunda en la orilla de la carretera y los aventaron, luego rociaron un líquido que olía a ácido y los cubrieron con tierra. El joven se vuelve a tapar la cara, llora ya sin recato; su pecho sube y baja con espasmos cada vez más fuertes.

No había más que escuchar, me dice mi abuelo con una lágrima atorada en el pasado. Los curiosos salimos de la casa, salimos tan derrotados como aquel joven, con las imágenes del asesinato de los Románov tiñendo cualquier esperanza.

Nadie pudo salvarlos. El rey de España exhortó al gobierno bolchevique para que les permitiera salir y llevarlos a Madrid. Los zares enviaron cartas al rey Jorge V de Inglaterra, primo de Nikolái y su gran esperanza. También apelaron al *kaiser* de Alemania y hasta al papa Benedicto XV, suplicando que usaran su poder para ayudarlos a escapar. Sin embargo, el gobierno comunista no aceptó. Nikolái era culpable y sería un ejemplo de lo que le ocurre a quienes quisieran oponerse al nuevo régimen. Entendimos que el final de la monarquía llegaba en manos de asesinos sanguinarios y que seríamos nosotros los siguientes ejecutados si no acatábamos las reglas de los recién llegados verdugos en el poder. La era de Nikolái II fue mala, es verdad que era miope hacia los problemas de su pueblo, pero lo que vendría después sería mucho peor.

Con la muerte del zar moría nuestra vida en Rusia, dice mi zeide apesadumbrado. Yo tenía dieciocho años, ayudaba a mi padre en el negocio de la sal. Harry y Nathan, de diecisiete y dieciséis, continuaban con sus estudios en el *Gymnasium*. Meyer, seis años menor que yo, no quería estudiar, así que se pegaba a mí tratando de ser útil. Eva y Masya, las dos mujeres, cocinaban, bordaban y se preparaban para casarse. Mi hermano favorito era Hirshel, el menor. Para él la vida era liviana. Era de paseos en el bosque y dibujos en sus cuadernos. Era de historias de magos y doncellas que yo le platicaba cada noche antes de dormir.

A los nueve años, Hirshel se acercó al señor Hoffman, quien se había convertido en uno de los más reconocidos joyeros de Kiev y amigo de nuestro padre. Aunque trabajaba en su casa, en un pequeño cuarto en el que guardaba sus instrumentos, lo iban a buscar mujeres de la aristocracia para que les hiciera la alhaja que deseaban usar en los más importantes eventos sociales. Mi hermano menor se convirtió en su ayudante y cada día, al salir del *Gymnasium*, corría a casa de Hoffman.

Mi abuelo nota mi cara de sorpresa porque nunca supe de la existencia de ese tío abuelo. Ya te contaré de él, me dice, poniéndose los lentes oscuros, lo que siempre hace cuando las lágrimas le encharcan los recuerdos.

1920. Kiev

¿Buena suerte? ¿Mala suerte? ¿Destino? Cuando al final las cosas salen bien pensamos en un poder divino moviendo las fichas de nuestra vida. Así lo relataba mi abuelo Moishe; para él hubo algo de misterioso, quizá mágico en lo que llamó «su segunda oportunidad».

Después de la Gran Guerra y con las cosas cada día peor en Ucrania, mi bisabuelo Salomón volvió a pensar en el famoso viaje a América, *Amerike*, como lo pronunciaron siempre. Algunos de sus conocidos tenían familiares viviendo en aquel país y las historias chorreaban riqueza y bonanza. Por ser Moishe el hijo mayor, sería el elegido para abrir camino. Si América resultaba ser lo magnífica que decían, entonces lo alcanzaría el resto de la familia. Moishe tenía su boleto en el SS La Touraine que partiría desde Le Havre hacia Nueva York en junio de 1920. Arregló sus papeles, pidió pasaportes para él y sus hermanos y empezó a contar las horas. No recuerda muy bien si el conteo regresivo estaba cargado de alegría o angustia. Yo creo que era felicidad en las mañanas y pánico en las noches, me confiesa con un guiño de complicidad, una y otra vez, cuando nos sentamos en su antecomedor a jugar dominó como una excusa para que nadie nos interrumpa. Son charlas en las que él me cuenta de su juventud pasada y yo sueño con la mía, futura.

Así entiendo cómo fue que, de un día para el otro, cambió su vida para siempre. Y por ello, hoy existo.

A principios de abril de 1920 se desató la ofensiva de Kiev, una guerra entre polacos y bolcheviques por tomar el control de la ciudad. Me cuenta mi abuelo que los vecinos se dividieron. Los que habíamos sido amigos ayer, hoy nos gritábamos en la calle, cada uno seguro de tener la razón. Nadie tiene la razón en una guerra y los que salen más lastimados son los que se gritan en la calle y defienden los intereses de gobiernos para los cuales sus existencias son insignificantes. Algunos querían que las cosas se quedaran como estaban; conocían a los bolcheviques y aunque eran sanguinarios y déspotas, ya sabían cómo convivir con ellos. Para otros, el jefe de estado polaco Józef Piłsudski era la solución, ya que mantendría lejos de Kiev a la tan odiada y temida Unión Soviética. Como en un partido de tenis, las cabezas de los ciudadanos de Kiev iban de un lado al otro, tratando de decidir quién era mejor, a dónde iba a quedar la pelota, con quiénes deberíamos ser amistosos para que nos fuera mejor al final del conflicto.

¿Y tú, zeide, de qué lado estabas? Mi abuelo se ríe: Los judíos solo estábamos del lado de la vida, tratábamos de pasar los días con algo de comida en el plato, con algo de trabajo, con algo de vodka y con algo de música. Éramos una familia acomodada y para nosotros la vida todavía era buena. Por eso la mayoría preferíamos al gobierno bolchevique; ya estaba ahí y nos habíamos acostumbrado a sus modos. Hasta nos decían los políticos que no éramos Kiev, sino la República Popular Ucraniana de los Sóviets. ¿Te imaginas?, el nuevo nombre sonaba tan importante.

Mi bisabuela Jasia nunca fue afecta a los cambios; su primera gran transformación fue parir a Moishe. Con la responsabilidad de su primogénito, a sus quince años, decidió que dedicaría cada hora de su vida a cuidarlo y protegerlo. Después llegaron otros seis hijos, sin embargo, ese sentimiento de entrega incondicional no se repitió. Moishe creció bajo los mimos maternos, pero poco a poco los papeles se intercambiaron y, al entrar en la adolescencia, el hijo comenzó a sentirse responsable de la felicidad de su madre y, definitivamente, la palabra *Amerike* no la hacía feliz. Mi abuelo empacaba en silencio, tramitaba el viaje sin comentar los avances con Jasia, que pensaba que el asunto de irse sería un capricho pasajero de su marido. No podía detener la partida porque, a fin de cuentas, era el padre quien decidía lo que harían los hijos, pero estaba segura de que su adorado primogénito no aguantaría mucho tiempo al otro lado del mundo.

A pesar de los intentos por mantener en secreto los preparativos para irme, mi madre intuyó que el momento se acercaba y suplicó a su marido que me quedara para ayudarlos. Había mucho que organizar, desde cerrar el negocio, empacar generaciones y generaciones de cosas heredadas, casi todas inservibles pero repletas de valor emocional, que allá lejos sería muy necesario. Yo llevaba las cuentas, dirigía a los trabajadores y era el indicado para poner todo en orden.

Cuando Moishe me cuenta esta anécdota, sus ojos verdes se pierden en todos los *quizá* que existen en una historia de más de ochenta años. Las bifurcaciones en los caminos que llevaron a sus hermanos a Nueva York y a él lo trajeron a México. A una gran vida en México, a su amada Ana, a nosotros, a mí. Pero sé que, en el permiso que a veces nos damos para dudar de la intervención divina, mi zeide se cuestiona qué hubiera pasado de haber sido él el pasajero del SS La Touraine.

1920. Nueva York

Nathan y Harry, de dieciséis y diecisiete años, fueron los primeros en llegar a Nueva York. Yo los conocí cincuenta años después y sus nombres ya eran en inglés. No sé si también sus corazones; el exilio, a veces, busca borrar cualquier recuerdo que duela. Se hacen color sepia las fotografías y se guardan en cajones elevados, en cuartos poco usados. Así también los nombres, la forma en la que una mamá nos decía de cariño, aquel que aparecía en nuestra identificación cuando éramos otros, cuando éramos de ahí de donde tuvimos que huir, porque ser nosotros resultaba peligroso. Antes, cuando aún creían que la vida seguiría una línea recta, Harry se llamaba Ilariy y Nathan, Naum.

Desde 1917 la lucha entre Rusia y Polonia por quedarse con Ucrania había sido desenfrenada. Kiev, por ser la capital, era el lugar más peleado y también el más protegido, por ello los civiles vivían en una relativa tranquilidad. Cuando los hermanos salieron, a principios de 1920, todavía se vislumbraban momentos de paz, en especial entre los que tenían más capacidad económica para resistir. El 21 de abril, apenas unos días antes de su partida, Ucrania y Polonia firmaron el Pacto de Varsovia, uniendo sus fuerzas en contra de Rusia. Esto permitió un espacio de tregua que los hermanos aprovecharon. Pocas semanas después, cuando los ucranianos buscaron recuperar Kiev, el ejército rojo los frenó y Polonia se retractó del tratado. En ese momento, los hermanos Trachtenberg ya se habían convertido en ciudadanos norteamericanos, Salomón, Jasia y sus hijos se volvían ciudadanos rusos y un aparente sosiego recorría las calles y los anhelos de los habitantes de Kiev.

Tras veintitrés días de travesía, Nathan y Harry llegaron a la Isla de Ellis y, como si el barco hubiese tocado un cable eléctrico, se comenzó a sentir la angustia en los pasajeros.

Antes de embarcar se les había advertido que tendrían prohibida la entrada los enfermos, quienes presentaran problemas psiquiátricos, los anarquistas y los niños que viajaran solos. Se rumoraba que los agentes eran crueles y disfrutaban deteniendo a los pasajeros durante horas, incluso días, antes de otorgar la autorización de entrada. Ellis Island estaba preparada para recibir grandes cantidades de inmigrantes desde que, tras el gran incendio de 1897, fue reconstruida, agregando al espacio original dos nuevas islas, una con hospital y pabellón psiquiátrico y otra para aquellos con enfermedades contagiosas. Sin embargo, acababa de empezar la Gran Guerra y el número de inmigrantes permitido en Estados Unidos disminuía cada día.

Para Nathan y Harry era aún más complicado porque no tenían familiares en línea directa viviendo en América, que era uno de los requisitos para entrar a Nueva York. Ellos serían la vara que abre las aguas del mar para que más tarde pudieran cruzar sus padres y hermanos. Ahora, parados en fila en el *Great Hall*, rogaban que funcionara el poder de ese bastón mientras esperaban a ser sometidos al escrutinio de los doctores que inspeccionaban a cada pasajero. Los médicos eran tan expertos que, en menos de dieciséis segundos, tan solo con mirar a una persona, podían identificar enfermedades como la anemia o el tracoma. Primero pasó Harry, sacó la lengua, abrió los ojos, inhaló y exhaló siguiendo las órdenes del hombre con bata blanca. *Go on*, dijo y comenzó a revisar a Nathan, quien había perdido mucho peso durante la travesía. Aunque Harry se había dado cuenta, no quiso mencionarlo para no atraer los malos augurios. El doctor repitió la rutina, pero una vez terminada, le dijo al joven que se levantara la camisa, y revisó su piel mientras giraba la cabeza de un lado al otro. Nathan sintió el sudor escurriendo por su espalda junto a la mirada aterrorizada de su hermano. Nunca habían dudado de su capacidad de hacer suyas las nuevas tierras y ahora, por primera vez, se veían como lo que eran: dos jóvenes, casi niños, sin experiencia, pretendiendo ser grandes conquistadores. En sus mentes retumbaba el recuerdo de una conversación que tuvieron en altamar, una que desecharon por imposible. Si no dejan entrar a uno, ¿qué hará el otro? Discutieron, no había una respuesta correcta. Separarse resultaba impensable, pero regresar con el fracaso a cuestas sería aún peor.

En ese momento se acercó un médico viejo, seguramente el jefe, y preguntó qué estaba sucediendo, el doctor joven respondió que no había nada contundente, pero que no le gustaba el color de la piel de Nathan. El jefe levantó una vez más la camisa del chico, se conmovió con las costillas temblorosas, le dio una palmada y le indicó que siguiera. Los pasaron a otra larga fila, en la que los inspectores recogían el formulario de veintinueve preguntas que habían llenado en el puerto de salida.

Después del terrible susto, no emitieron ni una queja durante las siete horas que esperaron para recibir la autorización. Al cruzar la reja tuvieron que esquivar decenas de ojos angustiados; mujeres, hombres y niños esperando un veredicto que determinaría sus vidas para siempre. Aquellos que no habían cumplido los requisitos, y quizá tendrían que regresar en un viaje que vaticinaba muerte, suplicaban ayuda, aunque sospecharan que sus ruegos quedarían afónicos. Entonces, en aquel amanecer de primavera, entre nubes teñidas de un rojo que algún día evocó sangre y hoy, libertad, volvió a aparecer la anhelada Estatua. Erguida, enorme, como pregonando al cielo que el nacimiento de ese día era en honor de los hermanos Trachtenberg.

Afuera vieron a muchas personas formadas frente a una caseta y escucharon en yiddish y ruso que ahí era donde se adquirían los boletos del ferry que los llevaría a Manhattan, así que se formaron. Salomón le había dado doscientos dólares a cada uno, una fortuna que en Kiev alcanzaría para alimentar a la familia todo el año. Cuando les informaron que el ferry era gratuito, estuvieron seguros de que habían llegado al anhelado paraíso.

Nathan traía un papel que llevaba sobando todo el viaje dentro de la bolsa de su pantalón, ahí estaba escrita una dirección y el nombre de una familia. Al bajar del ferry, los hermanos se sorprendieron por las calles repletas de coches de motor, un lujo que solo algunos millonarios podían tener en Ucrania. Un guardia les indicó que se acercaran a un taxi, ese sí, jalado por caballos, que por cincuenta centavos los llevaría.

Finalmente estaban en camino del destino que les habían impuesto y que ahora, de repente, se convirtió en un sueño propio, en una lucha personal. *Amerike* se volvió América, su hogar para siempre.

Una hora después llegaron al Lower East Side. Las calles lodosas apenas permitían que las ruedas avanzaran y los coches tenían que frenar constantemente para no atropellar a algún distraído. Todos corrían, unos para vender algo, otros para comprar. Merodeaba el pobre esperando robar la cartera del menos pobre. Pronto aprendieron que hasta en el barrio más humilde convivían los menos afortunados con aquellos que por haber llegado antes, o simplemente por tener más suerte, vivían en mejores condiciones.

El taxi los dejó en una esquina, ahí siguieron preguntando hasta que alguien les indicó el edificio que buscaban. Una mujer de edad indefinida y carnes voluptuosas que dijo ser de Odesa los llevó al segundo piso y les mostró sus camas junto a otras cuatro, en uno de los espacios ocupados por judíos. En los otros pisos, cinco en total, habitaban inmigrantes italianos, irlandeses, alemanes y griegos. Aquí no entran chinos, presumió la casera, este edificio es de la mejor calidad. Los hermanos no entendieron por qué lo decía, pero sonrieron y dejaron sus maletas para salir de inmediato a conocer su nueva patria. En la esquina se toparon con un puesto de *knishes* de papa y cebolla. Esta fue la primera vez, contaba Nathan muchos años después, en que mis certezas se llenaron de dudas. Me ahogó el recuerdo de los dedos chuecos de mi madre que amasaban harina, agua y aceite, agregaban espolvoreada la sal, y yo pelaba las papas para convertirlas en puré. Solo se me permitió ayudar en la cocina mientras fui muy pequeño, porque era labor de mujeres. Me encantaba cocinar, rellenar las empanaditas y cerrarlas en forma de nudo. Al ver el puesto en la calle, recordé la última vez que me escapé a la cocina y Jasia me abrazó: Te dejo que me ayudes, pero si llega tu papá sales de inmediato. Mientras a mí se me cubrían los ojos con el humo de las añoranzas, mi hermano compró dos *knishes* y agradeció en ruso a la mujer que los vendía. Chocamos los pasteles brindando: ¡Estamos en América, en la tierra de la opulencia!, y mordimos el manjar con la convicción de nunca voltear hacia atrás.

Estaban en América con los pies enterrados en lodo y caca de caballo hasta los tobillos, y sintiendo por primera vez la soledad del exilio, que es tanto más solitaria, tanto más fría que la imaginada cuando se está al otro lado de la realidad.

Regresaron al cuarto y se encontraron con Milton, un primo lejano que llevaba más de diez años en Nueva York y a quien Salomón buscó para pedirle que cuidara de sus hijos. El primo prometió darles trabajo y enseñarles lo necesario para empezar la nueva vida. Era viernes, Milton le entregó a cada uno una camisa y les dijo que los esperaba en media hora para ir a la sinagoga a celebrar Shabbat. ¡Están en el país de la abundancia!, gritó en la puerta, mientras los jóvenes se aseaban lo mejor posible en un lavabo de porcelana agrietada y se secaban con una toalla raída.

En los *shtetls* de Europa del Este siempre había una compañía de teatro, una o varias orquestas, declamadores de poesía y bailarines. El arte era la forma que los judíos habían encontrado para escapar del constante miedo a las persecuciones, de las desdichas, del futuro incierto. Al salir de sus tierras buscando nuevas oportunidades, generalmente empacaban una pequeña maleta con sus posesiones y, en el alma, la profunda necesidad del arte. Con los primeros inmigrantes que llegaron a Nueva York comenzó la tradición de lo que después se llamó el «Yiddish Broadway». Paramount Pictures, Metro-Goldwyn-Mayer y 20th Century-Fox tienen sus raíces en este barrio. Para Nathan, que había sido actor aficionado, la sorpresa de encontrar un lugar donde seguir su pasión lo hizo sentir que ahora América no era tan solo su país, sino su hogar.

Mientras tanto, en Kiev, Moishe iba todos los días al correo a ver si había llegado alguna carta de sus hermanos. Finalmente, casi cuatro meses después de su partida, le entregaron un sobre. En la esquina, una estampilla roja de medio centavo con la cara de un señor que después supo era Benjamin Franklin. Moishe corrió hasta su casa. En la puerta, sofocado por la carrera y por un corazón demasiado excitado para mantenerse quieto, apenas pudo gritar a sus padres para mostrarles el tesoro.

La lectura se hizo con todas las parafernalias que ameritaba la ocasión. La familia completa se reunió en torno a la mesa. El padre abrió el sobre con un cuchillo tembloroso, la madre intentaba contener las lágrimas. Harry escribió por él y por Nathan, relatando algunos detalles de la travesía y de su llegada a Nueva York. También agradecía a Milton por haberlos recibido y explicaba que ya tenían empleo y comenzaban a ahorrar.

Yo estoy trabajando en una empresa que compra y vende tubos. Llegan en grandes barcos y nosotros los transportamos a los nuevos edificios que se construyen cada día más altos y más elegantes. El dueño me ha tomado afecto y confianza, así que me está enseñando lo que debo aprender para ir subiendo de puesto. Nathan trabaja en una fábrica de ropa, los dueños son judíos de Odesa. La esposa nos rentó las camas en las que ahora vivimos, pero muy pronto nos podremos mudar a algún lugar con una recámara solo para nosotros. Nathan acaba de conocer a una mujer que se llama Sally, es muy bonita. Yo creo que se está enamorando. Los dos actúan en las obras de teatro yiddish que se presentan en el Grandstreet Theatre. Estamos muy bien. Espero que ustedes también. Les escribo muy pronto.

Moishe respondió lleno de entusiasmo, pidiéndoles que tuvieran todo listo porque él no tardaría en alcanzarlos.

Junto con su fotografía tomada el día que partió, encontré también esa carta. Supongo que mi abuelo la guardó como una lección de vida y para nunca olvidar que las certezas se desmoronan mucho más rápido que la tinta sobre el papel.

La siguiente carta la escribió Nathan y en ella les platicaba de su novia. Sally pertenecía a una familia rica. Aquellos que se anticiparon a la debacle de Europa y a finales de 1800 decidieron sacar sus posesiones y viajar a Estados Unidos, vivían frente a Central Park, en enormes mansiones sobre la Quinta Avenida. Los primeros en habitar esta zona fueron los Astor, seguidos por los Vanderbilt, Henry Clay Frick y los Carnegie. Los judíos, casi todos llegados de Alemania, no se quedaron atrás y apellidos como Guggenheim, Sachs y Goldman pronto construyeron residencias tan imponentes como las de los acaudalados gentiles y fortunas igual o más poderosas. Unos años después, se convirtieron en mecenas de artistas, patrones de las bellas artes y políticos. Sin embargo, no eran totalmente aceptados por las viejas familias protestantes neoyorkinas, que llevaban varios siglos estableciendo su poderío y no fácilmente iban a compartirlo.

Sally era inquieta, amaba cantar y actuar y era la pasión de Richard, su papá. Cuando pidió permiso para ir al Lower East Side a participar en una representación de la obra *Los sueños de mi gente*, en la que actuaba el famoso actor Jacob P. Adler cantando *«Zay nit gefaln, mayn zindele»*, su madre se aterró y dijo enfurecida que solo las prostitutas eran actrices. Sally suplicó argumentando que era un papel secundario y que las ideas de su mamá eran anticuadas y ridículas. La acusación obligó a la madre a reclinarse en un sillón mientras pedía las sales de amoníaco para no desmayar. Ante el espectáculo, Richard inhaló profundo y le dijo a su hija que podía ir acompañada de su prima mayor y el chofer. Su mujer, furiosa, salió azotando la puerta y Sally corrió a abrazar al hombre que más amaba en el mundo.

Durante el primer ensayo, el director ordenó que Nathan y Sally se tomaran de la mano y cruzaran el escenario. Para cuando llegaron al otro lado, los dos supieron que esa caminata continuaría el resto de sus vidas. Esa noche fueron con otros actores a Lyndis, una *delicatessen* recién inaugurada que, en medio de la ley seca, se las arreglaba para preparar los mejores cocteles de Manhattan. Ahí conocieron a Chico, Groucho y Harpo Marx pocos años antes de que, con su primera obra de teatro en Broadway, *I'll say she is*, se hicieran enormemente famosos. Las celebridades que se reunían en Lyndis generalmente terminaban la fiesta después de las cuatro de la mañana. Nathan y Sally se escapaban antes de la medianoche para no hacer enojar a sus papás, pero cada día más entusiasmados con la vida del teatro.

Cuando habían pasado algunas semanas de caminatas bajo los reflectores, besos tras bambalinas y promesas de amor susurradas al calor de las pasiones tantas veces soñadas, Sally le explicó a Nathan que era momento de presentárselo a sus padres. El joven fue con el sastre más reconocido del Lower East en Orchard Street y se mandó hacer un traje que le costó el sueldo de varios meses y el regaño furioso de Harry. ¡Que sepan quién eres!, le gritaba a su hermano, Y si no te aceptan, mejor corre para el otro lado. Pero Nathan sabía quién era, solamente que aún no había tenido la oportunidad para serlo.

Su suegro había escuchado de la familia Trachtenberg de Kiev. Investigó más entre aquellos recientemente desembarcados y los comentarios eran positivos, por lo que avaló el noviazgo. Todos decían que era una buena familia. Buena familia, pero por ahora con pocos recursos para darle a su consentida la vida a la que él la había acostumbrado, sin embargo, este era un pequeño inconveniente que el suegro pretendía solucionar. Unos meses antes de la boda, colocó a Nathan en una de sus empresas y se dispuso a lograr que el joven llenara el traje que, aunque hecho a la medida, todavía le quedaba grande.

1922. Kiev-México

Moishe y Meyer se embarcaron inundados en el entusiasmo de las palabras de Harry y Nathan, convertidas ahora en añoradas imágenes. Altísimos edificios cubiertos en mármol, calles pavimentadas, coches de lujo, mujeres caminando por la avenida Madison, con vestidos de seda y enormes sombreros resguardando la blancura casi transparente de su piel. Todo eso y más es Nueva York, ya casi al alcance de sus ansiosas miradas. Cada día en altamar prometía la aparición brumosa pero certera de la libertad iluminando los futuros sin futuro, esa estatua de cobre que Francia había regalado a los Estados Unidos para conmemorar su independencia. Todos los que navegaban en La Savoie buscaban libertad; matar el viejo continente para renacer en el nuevo, para permitir la continuidad de un apellido, de un lunar, un color de ojos, de un hoyuelo en la barbilla heredado de padres a hijos a través de los siglos.

Sin embargo, los pasajeros ignoraban que la inestabilidad en la seguridad nacional de los Estados Unidos generada durante la Gran Guerra había motivado que el Congreso aprobara una legislación antiinmigrante. Ya en 1917 se había implementado la ley de Exclusión de inmigrantes por Prueba de Alfabetización, en la que los mayores de dieciséis años debían demostrar capacidades básicas para leer, al menos, en su lengua materna. Moishe y Meyer no tenían problema, habían estudiado desde pequeños en las mejores escuelas de Kiev, por supuesto en aquellas que aceptaban judíos, que aun así tenían excelentes profesores. La inquietud se sentía entre los pasajeros menos privilegiados, que aprendieron a descifrar las letras apenas unos meses o semanas antes de abordar y que, con la angustia, parecían extraviar lo estudiado entre las turbulentas olas del océano Atlántico. La misma ley permitía a los oficiales de migración ser mucho más estrictos para aprobar la entrada de los recién llegados que buscaban tener la nacionalidad estadounidense. Como la reforma de 1917 parecía no detener a suficientes inmigrantes, en 1920 el senador republicano por Vermont, William P. Dillingham, introdujo una medida para impedir la entrada a un mayor número de personas.

En noviembre de 1922 el SS La Savoie se dirigía a las costas de Nueva York cuando recibió el aviso de que todos los pasajeros de Europa del Este no podrían bajar porque las cuotas para esas nacionalidades se habían llenado la semana anterior. El capitán H. Boisson y el segundo capitán, J. Hingant, recibieron el telegrama dos días antes de arribar. No sabían qué hacer, si llegaban a las costas de Nueva York y los pasajeros vislumbraban la anhelada estatua y después los dejaban a bordo para regresarlos a los pogromos, matanzas y leyes antisemitas cada día más crueles, probablemente comenzaría una revuelta. Ya se imaginaban a seres desesperados atacándolos o brincando por la borda. El escenario era terrorífico.

Los capitanes y el primer y segundo teniente permanecieron despiertos toda la noche bebiendo whisky y discutiendo opciones, mientras que J. Vienne, el oficial del telégrafo, enviaba mensajes suplicando a los oficiales de la Isla de Ellis que permitieran la entrada de sus pasajeros.

Durante la segunda noche en vela, Vienne entró al cuarto batiendo un telegrama en la mano. México aceptó recibir a aquellos pasajeros que no admitieran en Nueva York. El capitán Boisson respiró aliviado. Imaginaba que los pasajeros no estarían conformes al ser desembarcados en Veracruz en vez de Nueva York, imaginaba la decepción, el enojo, y, sin embargo, para él resultaba un enorme consuelo.

En cubierta, Moishe observó que algo estaba mal. El barco había disminuido mucho su velocidad, algo muy extraño cuando ya estaban a pocos días de llegar a puerto. Mientras Meyer jugaba barajas y se emborrachaba con algunos compañeros de viaje, Moishe vigilaba. La tripulación se veía ajetreada. De pronto, nuevamente a toda velocidad, el barco desvió el rumbo. Por el altavoz se escuchó la voz contundente del capitán: *Messieurs les passagers ici votre capitaine. Je vous informe qu'il faudra encore trois jours pour arriver au Mexique.* ¿A dónde?, Moishe trató de dilucidar si entendió mal, pero estaba seguro de que la voz categórica dijo «*Mexique*». Armó en su mente el mapamundi que tantas veces estudió. Ahí, a la derecha están Boston, Nueva York, Washington... más abajo, Florida. Se aprendió los nombres y todos los datos posibles de cada estado del país que iba haciendo suyo con las cartas de sus hermanos. Siguió recorriendo la imagen mental y de pronto, abajo, recordó la silueta de un país bastante grande, con dos penínsulas y al centro el nombre: «*Mexika*» que, aunque estaba escrito en ruso, comprendió que era el mismo que Boisson mencionó. De ese lugar no sabía nada porque jamás fue una opción de hogar. En el barco se empezó a sentir el nerviosismo de la incertidumbre. Algunos pasajeros se reunieron a exigir que el capitán los atendiera, otros, los que ni siquiera tenían un camarote y dormían entre las cajas de mercancía que transportaba el buque, permanecieron callados. Ya los habían silenciado tantas veces que ahora se replegaban en rezos al Todo Poderoso. No quedaba nadie más a quién acudir.

Moishe se acercó con uno de los oficiales, con el cual había logrado entenderse en el precario inglés de ambos. Mi abuelo le preguntó a dónde se dirigían, el marinero intentó aclarar lo sucedido, pero le era difícil explicar que un hombre, respaldado por un país, había decidido no permitir la entrada a seres humanos que huían para salvar sus vidas, llamándolos «cuotas».

La madrugada del 30 de noviembre de 1922, el SS La Savoie llegó al puerto de Veracruz. Los oficiales habían decidido ir primero a México, desembarcar a todos aquellos que tuvieran prohibida la entrada a Estados Unidos y después continuar el viaje a Nueva York. Solo cuarenta pasajeros, de 648, permanecieron a bordo.

Al entrar a México, las miradas confusas se convierten en aterradas cuando, a punta de escopeta, dirigen a los recién desembarcados hasta lo que llaman la «aduana», una casucha de madera con piso de tierra en la que un soldado de mayor rango sella los papeles.

La Revolución había terminado, en apariencia, en 1917, sin embargo, continuaban las revueltas, los presidentes eran constantemente asesinados o reemplazados y los soldados no sabían a quién obedecer, por lo que terminaban improvisando sus propias leyes. Apenas dos años antes, en mayo de 1920, habían asesinado al presidente Venustiano Carranza, en junio Adolfo de la Huerta asumió la presidencia provisional y en noviembre se la entregó a Álvaro Obregón, quien por fin prometía algo de estabilidad. Pero eso era allá en la capital, en Veracruz se seguían desgreñando a la más mínima provocación.

A Moishe lo recibe un soldado que hoy está del lado del gobierno y quizás mañana estará peleando junto a algunos revoltosos solo por el gusto de seguir disparando balazos. Un chamaco acostumbrado a ser escuchado, a imponer su ley con la pistola, muy al alcance de una mano que disfruta apretar el gatillo. ¡Nombre!, grita, y el muchacho ruso, aguantando el retortijón en las vísceras, responde: Moishe Trachtenberg. Al soldado lo asignaron a la frontera porque era de los pocos que conocía las letras y podía acomodarlas en un orden inteligible, aunque casi nunca ortográficamente correcto. Pero «Trachtenberg», para un mexicano, era imposible de pronunciar y aún más de escribir. El soldado anota lo que escucha, cualquier cosa. Al paso de los años aquellos garabatos se convirtieron en Trottner, el apellido honrado por mi abuelo hasta sus últimos resuellos y hoy, por mí.

Meyer llora. Las lágrimas convierten en lodo el polvo que se pegó a su cara, a su cuerpo, a su ilusión de *Amerike* pavimentada en oro. Y llora más cuando le avientan sus maletas y lo echan a la calle, solo. No encuentra a Moishe y teme que lo hayan regresado al barco. Trata de volver, pero dos pistoludos le cortan el paso. ¡A dónde, güerito maricón!, y se ríen. Meyer busca por todos lados y, al no encontrar a su hermano, vencido se deja caer a la sombra del único árbol del lugar. Moishe sigue sorteando preguntas, tratando de entender qué buscan. Dice el nombre de sus padres, de su ciudad. Finalmente, quien parece ser el jefe le señala el reloj que el joven ruso lleva en la muñeca; no es valioso, el abuelo se lo regaló en su bar mitzvah, muy orgulloso de heredarlo a su nieto mayor. Su padre lo guardó en el cajón de las cosas importantes y le dijo que se lo daría cuando fuera grande, y desde entonces soñó con usarlo. Antes de emprender el viaje, Salomón lo llamó y con mucha solemnidad colocó la correa de cuero café en la mano de su hijo. Con ello Moishe supo que su padre lo consideraba responsable y digno de ser el primogénito. Esa mañana, por primera vez en su vida, se siente derrotado, se quita el reloj y se lo entrega al oficial que, de inmediato, pone los sellos correspondientes y lo deja salir. Camina lento, cabizbajo, buscando a su hermano y, cuando lo vislumbra llorando debajo del árbol, comprende que tendrá que ser fuerte para los dos; si Meyer lo ve abatido, no podrá seguir. ¡Hey, hermano! ¡Vamos a conocer nuestro nuevo país!, Meyer lo ve tan alegre que se levanta y tal vez hasta sonríe. A lo lejos advierten a un grupo de hombres que llevan *kipá* en la cabeza y *tzittzit* saliendo de sus sacos. Son religiosos que van al puerto cada vez que llega un barco para recibir a los pasajeros judíos y llevarlos a la capital. No esperaban el arribo de La Savoie, les avisaron apenas el día anterior y los cuatro hombres manejaron toda la noche para recibir a sus compatriotas, porque saben que ver una cara amiga, escuchar palabras en ruso y recibir una palmada de confianza hacen la diferencia en esos momentos en los que se resquebrajan todas las certezas y lo único que anhelamos es volver a casa. Aunque casa ya no exista.

Meyer y Moishe llegaron a vivir al 249 de la calle Cuauhtemotzin, que era, además de una pequeña vecindad con cuartos baratos para los recién llegados, un depósito de fierro. Fue ahí donde mi abuelo descubrió su más profunda pasión, una que no desaparecería ni siquiera cuando ya se le difuminaban los nombres de sus hijas. Los fierros le hablaban, le contaban las historias de los lugares que habían sostenido en pie, de los ríos de agua que transportarían dentro de sus entrañas.

Meyer no estaba contento con la situación, para él los fierros eran solo basura de metal. Se quejaba del calor y del frío, del polvo y los olores a fruta madura que llegaban desde La Merced. Además, la imagen de sus hermanos menores nadando en mares de opulencia en la verdadera América lo llenaba de frustración.

Las cartas que recibían de sus padres eran optimistas. Les contaban de sus hermanas, de una nueva vaca que tuvo un becerro. Eran hojas llenas de imágenes cálidas de una familia que vivía feliz y en paz. Salomón les describía los deliciosos platillos que llenaban su mesa cada Shabbat y, como de pasada, les decía que ya tenía muchas ganas de partir a *Amerike*. Ganas, mas no urgencia. Por supuesto que la situación era mucho más precaria que lo dicho en sus mensajes. Cenaban una hogaza de pan, un poco de queso maduro, mantequilla. En Shabbat, a veces comían huevos o un caldo de gallina, si alguna moría en la semana. Salomón sabía que sus hijos estaban haciendo su mejor esfuerzo por sacarlos de ahí. Además, suponía que ese país impronunciable al que habían llegado no sería de su agrado. ¿Para qué angustiarlos aún más?

Meyer leía las cartas de su padre e imaginaba esos platillos derritiéndose en su boca, a su madre rezando las velas y a sus hermanas haciéndole cosquillas. Imaginaba su cuarto, su cama y añoraba con volver. Mientras tanto, su hermano mayor planeaba la forma de sacar a su familia de Ucrania.

Ha pasado casi un año cuando un día, al llegar agotado del trabajo, Moishe se tumba en la cama y nota algo extraño, el cuarto más vacío. Al incorporarse, encuentra sobre la otra cama una nota. *No puedo seguir aquí, quiero regresar junto a papá y mamá, las cosas en Kiev no eran tan malas, aquí no entiendo ni siquiera los insultos. Lo siento, hermano, tomé lo necesario de la caja de los ahorros, prometo devolverlo. Ojalá tú también regreses a casa.*

Moishe enfurece, corre a abrir la caja, falta mucho de lo que llevaban meses ahorrando. No lo puede creer. Había guardado cada quinto para lograr sacar a su familia y ahora el *pridurok* de su hermano se regresó. ¡Un idiota!, grita en su precario español. Avienta la caja y sale dando un portazo que provoca la curiosidad de los vecinos. Alguno intenta preguntarle qué le ocurre, pero Moishe está fuera de sí, balbucea groserías y se limpia las lágrimas con un puño furioso. Sale corriendo, pensando en alcanzar a Meyer, aunque sabe que nunca llegará a tiempo, el buque debía de estar por zarpar. Pregunta en la calle, alguien le confirma que su hermano salió junto con los hombres que iban a recoger migrantes. Lo vieron con una maleta en la mano, con la espalda doblada, con la mirada turbia. Al poco tiempo Moishe escucha la llegada de los nuevos, los ve como se vio, sabe que tienen la saliva espesa y los miedos fríos. Con la mandíbula apretada abre su puerta para ofrecer compartir su cuarto con quien lo necesite.

Meyer volvió a Kiev en 1923, un año antes se había formado la Unión de Repúblicas Socialistas Soviéticas a través de un tratado entre Rusia, Ucrania, Bielorrusia y Transcaucasia. Lenin prometía las glorias del comunismo y por algún tiempo abolió las leyes antisemitas. Kiev entró en un periodo de tranquilidad y Jasia estaba feliz al pensar que, si continuaba la calma y la bonanza, volverían con ella sus tres hijos desparramados al otro lado del océano.

Meyer envió una carta a Moishe en la que le explicaba que sus padres y hermanos estaban bien de salud y que debería pensar en regresar. *Kiev es una ciudad de bonanza, ¿por qué vivir en ese país de polvo y pobreza cuando puedes estar aquí, en la gloria del mundo? Te pido perdón por el dinero que me llevé, pero pronto empezaré a recuperarlo. Además, estoy feliz porque en un mes me voy a casar. Me encantaría que me acompañes en esta celebración.*

Mi zeide me cuenta lo que sintió al recibir la carta de su hermano: Quise creerle, era tanto más fácil pensar que todo estaría bien, que la paz por fin sería duradera. ¿Pero cuándo lo ha sido, *sheine ponim*? Yo tenía que seguir trabajando, que ahorrar cada centavo. Supe en ese momento que jamás volvería a pisar suelo ruso. Me di cuenta de que esos momentos de aparente paz eran la antesala del peor infierno.

En vez de relajarse, como le pedía su hermano, mi abuelo comenzó a trabajar más que nunca con la mirada fija en salvar a su familia.

Los jóvenes judíos se reunían una vez por semana en algún café para platicar, compartir miedos, aplaudir éxitos. En una de esas reuniones Moishe escuchó por primera vez el nombre de Jacob Schiff, un gran benefactor para los inmigrantes judíos alrededor del mundo. Alguien le dijo que el hombre acababa de donar cincuenta mil dólares para auxiliar a los judíos de Palestina. ¡Cincuenta mil dólares! Era una cantidad tan exorbitante que Moishe no podía ni imaginarla. Entonces, en una noche de insomnio, después de recibir noticias menos optimistas de su padre, se le ocurrió que Schiff podría ayudarlo. Le escribió una carta en la que exponía que necesitaba mil dólares para sacar a sus padres, a sus dos hermanas y a su hermanito Hirshel. Y sí, también a Meyer, aunque estuviera furioso con él. Regresaría cada dólar con intereses, lo antes posible, prometió. Sus palabras nunca llegaron a manos del filántropo, porque nunca supo a dónde enviar el mensaje que quedó doblado y dentro de un sobre durante muchas décadas.

En la sinagoga se hablaba del Comité Judío Estadounidense para la Distribución Conjunta, el JDC como todos lo llamaban, formado a principios de la Gran Guerra por hombres decididos a ayudar a sus correligionarios que cada vez tenían menos comida, menos espacio para vivir y, por lo tanto, menos fe. El móvil de los miembros del Comité, casi todos judíos ortodoxos, se componía más por razones religiosas que humanitarias; pensaban que en la desgracia se pierde la esperanza en un Dios que parece no escuchar y, si se extravía la fe, es mucho más probable la asimilación. Sin importar las razones, la realidad era que salvaban vidas y mi abuelo puso en ellos todas sus esperanzas.

El JDC recibía cientos de peticiones diarias para salvar a familiares de quienes habían logrado salir de sus lugares de origen y ahora vivían en América, en cualquier América, convertida en refugio a veces argentino o cubano o mexicano. Pero hogar al fin. La solicitud de Moishe se unió a otras miles, pasaba el tiempo y la ayuda no llegaba. Sin descanso, el joven seguía ahorrando para traer a los suyos.

Desde que Meyer se fue, mi abuelo dejó su puerta abierta; sabía que alguien llegaría con la necesidad de una cama, de esa cama que el necio de su hermano había abandonado. Una mañana entró Max, un chamaco enjuto pero altivo, quien sería por siempre el mejor amigo de mi zeide. Sus ropas raídas, el hambre pegada a los huesos, las marcas de golpizas pasadas no le habían quitado las ganas de vivir, de ser alguien, de hacer la vida en cualquier *Amerike* que se le presentara. Al entrar al cuarto que, alguien le había dicho, estaba libre, miró a Moishe con agradecimiento y quizá un poco de soberbia. No acepto quedarme aquí si no pago lo que me corresponde, dijo. Moishe le extendió la mano, le pidió que descansara y que ya se pondrían de acuerdo en el precio. Max soltó su pequeña maleta de piel café, se quitó los zapatos y cayó dormido hasta el día siguiente.

Moishe se volvía cada día más importante en la bodega de fierros. A los dos años de haber llegado, se dio cuenta de que muchos de los tubos, válvulas y conexiones que compraban como chatarra seguían siendo útiles, por lo que empezó a separarlos para venderlos en nuevas construcciones. Él y Max despertaban temprano, escogían el material que sirviera, lo limpiaban con lijas de metal y formaban lotes que vendían a un precio más alto. El dueño estaba encantado por el ingenio de los jóvenes judíos y por su honestidad, ya que repartían las ganancias sin esconder ni un centavo.

Don Alfredo Chacur es libanés, llegó a México en 1889, poco después de que su tío Boutros Raffoul, considerado el primer ciudadano del Monte Líbano en llegar a estas tierras, entrara por el puerto de Veracruz en 1878. El dominio otomano, los conflictos políticos y un desarrollo que solo privilegiaba a las clases más altas obligaron a los campesinos a huir. Vivían desde hacía décadas bajo un sistema feudal de monocultivo de seda, ese material tan adorado por los jeques y miembros de la iglesia, pero que pagaban a centavos a quienes lo cultivaban.

La vida se volvió imposible, y entre 1860 y 1914 emigró un tercio de la población del Monte Líbano. Don Alfredo había llegado al puerto equivocado, engañado por los agentes de viajes en Beirut, que le aseguraron que llegaría a Baltimore. El señor Chacur desembarcó en pleno Porfiriato, tenía diecisiete años, veinte dólares y una visión que se imponía a cualquier obstáculo. En este país a quien quiera trabajar se le abren las puertas, exclamaba el hombre que sería el primero en ayudar a Moishe y Max.

La mayoría de sus compatriotas se dedicaron a la innovadora venta en abonos con la que las clases bajas podían adquirir aquello que necesitaran pagando un poco cada mes. Con esto empezaron a generar enormes fortunas que después utilizaron para incursionar en la industria textil y algunas instituciones financieras. Don Alfredo se dio cuenta de que los aboneros que recorrían el país cargados de mercancía regresaban con las carretas vacías, así que los contrató para que en su camino de vuelta compraran chatarra, fierros viejos, pedacería de maquinaría que podría venderse a empresas fundidoras. Un negocio que le permitió vivir en la mejor colonia de la capital, en una casa con fachada de cantera rosa y columnas churriguerescas, ventanas moriscas, vitrales de cedros libaneses y muebles importados de Francia, tapizados en brocados de los más suntuosos terciopelos. Chacur no tuvo hijos, ese fue siempre su gran pesar. Tenía muchos sobrinos, muchos parientes; todos los libaneses se consideraban familia. Sin embargo, un poco antes de morir, cuando ya sabía que aquella enfermedad maldita consumía su hígado, le vendió a plazos y al precio que Moishe pudo pagar aquel local en la calle de Cuauhtemotzin número 247. El joven jamás dejó de cumplir con sus cuotas mensuales, aunque al final de la quincena solo pudiera comprar tortillas para comer. Si ya los fierros lo habían apasionado, ahora veía su nuevo negocio como la cueva de Alí Babá en la que se escondían en cada rincón tesoros en forma de tubos, conexiones, vigas y viguetas. Además de trabajar ahí, también construyó poco a poco algunos espacios que se fueron convirtiendo en su casa.

1932. México

Moishe llevaba casi diez años en México, ya conocía las costumbres y el idioma, aunque jamás podría pronunciar «guanábana».

Después de la Revolución, cuando ya se había aplacado la polvareda, se lograba vislumbrar un país creciente. Durante el Maximato, Plutarco Elías Calles ponía y quitaba presidentes-títeres para seguir gobernando de frente o por detrás, sin embargo, el país comenzó a crecer. Se necesitaba de todo y, en especial, vivienda. Los tubos, válvulas y materiales de fierro eran básicos para las nuevas edificaciones. Moishe compraba lotes para después revenderlos; así que un día tenía mucho dinero en sus manos y al siguiente todo estaba convertido en tubos relucientes o en alguna válvula de compuerta o de guillotina que eran las que más le entusiasmaban. En su casa empezaron a haber más comodidades, los pisos de su bodega siempre estaban limpios y acomodados y se notaba una cierta opulencia hasta en los restaurantes que frecuentaba y los platillos que antes jamás se hubiera atrevido a pedir.

El hombre recibía las cartas de su familia con un dejo de angustia, quizá desolación. Vivían aparentemente en paz en su antigua casa en la nueva Republica Socialista Soviética de Ucrania. Sus dos hermanas se casaron y a sus sobrinos solo los conocía por las esporádicas fotografías que le enviaban. También Meyer tuvo un niño, que al parecer era la adoración de Salomón. Harry y Nathan seguían en Nueva York, casados y con hijos. Él se sentía solo; aunque rodeado de amigos, añoraba encontrar a una mujer, tener familia, abrazar a alguien en la noche. En realidad, no había tenido tiempo. Sus pensamientos apenas alcanzaban para crecer el negocio y buscar la forma de traer a los que se habían quedado en Kiev.

La desconfianza de Moishe en las bonanzas sostenidas por hilos de la mano de un dictador lo hacían temblar. Iósif Stalin, el hombre de acero, había sustituido a Lenin. Hitler adquiría cada día más fuerza en una Alemania debilitada y furiosa, con voracidad de venganza. Aunque su familia decía estar bien, a Moishe le preocupaba que en las aguas calmas de un pantano es mayor la posibilidad de ahogarse, en especial cuando se quiere salir desesperadamente.

La realidad no tardó en darle la razón. En 1932 empezó a escuchar noticias de una terrible hambruna que azotaba Ucrania. Desde 1927 había estallado lo que llamaban la «crisis de las cosechas». A Moishe le llegaban las noticias desde Estados Unidos, ya que en Europa todos parecían ignorar lo que ocurría. La *colectivización forzosa* obligaba a los campesinos a convertirse en proletarios y dejaba los campos yermos. Con la provocada disminución en el rendimiento de las cosechas, Stalin aprovechó para requisar el trigo y cualquier grano de Ucrania, dejando las tierras sin producción y sin semillas para volver a plantar. También ordenó bloquear las fronteras y creó brigadas que iban de casa en casa confiscando la comida de los campesinos. Se empezó a hablar del *Holodomor*, una sentencia de muerte colectiva para quienes, inmersos en el nacionalismo ucraniano, habían pregonado la sublevación en contra de Stalin y la recién formada URSS. *Los están matando de hambre*, escribió Harry angustiado, *ahora son los campesinos, pero la hambruna no tardará en llegar a la ciudad, ahora sí es inminente sacarlos de ahí*. Sin embargo, las leyes que les impedían salir eran cada día más rígidas y más alto el precio para lograrlo.

Es enero de 1932. La casa de los Trachtenberg aún no ha sido saqueada porque Salomón lleva una buena relación con los soldados que habían estado ahí desde que el ejército rojo tomó la ciudad. Pero el avispero comienza a alterarse; en las inmediaciones, cada vez más cerca de la ciudad, aparecen cadáveres de hombres y mujeres que han muerto de hambre. La hambruna no llega todavía al centro de Kiev, pero sí al gueto, las calles reservadas para los judíos. Las tiendas se quedaron vacías. Al principio hubo quienes subieron los precios de sus mercancías para aprovechar la situación y hacerse de dinero rápido, pero el gusto les duró tan solo una o dos semanas, muy pronto los hambrientos comenzaron a saquearlos. Los tenderos cerraron sus puertas y escondieron, para su consumo personal, lo poco que quedó.

Los Trachtenberg conservan unos sacos de harina, carne seca y la famosa compota de frutas que Jasia preparaba cada año cuando llegaba la primavera y los árboles se llenaban de manzanas y cerezas dulces. Se llenaban. Antes. De pronto todo parece ser antes. Tenían gallinas, pero ya no pudieron darles comida y mejor las mataron. Con el caldo y la poca carne pegada a los huesos se alimentaron unos días. Cuatro costales de harina, siete tarros de compota y seis bolsas pequeñas de carne seca guardados debajo de las maderas sueltas del piso del sótano.

Hay que ocultar todo porque los campesinos hambrientos llegan a robar, aunque se arriesgan a ser fusilados por la recién impuesta pena de muerte para los ladrones de comida. La familia ingiere a escondidas los alimentos, dando pequeñas mordidas, envueltos en el miedo de ser atacados y en la culpa por sentir miedo de sus compatriotas que fallecen de hambre todos los días. Sienten culpa, pero entienden que no hay forma de ayudarlos. Si le dan aunque sea un trozo de pan a alguien, enseguida serán cientos atacándolos.

Llega la primavera, ceden los fríos, el hielo se derrite y agonizan más campesinos ucranianos. En las puertas de Kiev, niños con el vientre hinchado, demasiado débiles para llorar, solo miran y sus ojos ya están lejos. Las madres quieren que mueran pronto. Ellas también imploran que terminen esos dolores que rasgan las entrañas. Los que agonizan de hambre primero salen de sus casas a buscar alimento, después ya no piensan en comer, solo esperan, hechos un ovillo en alguna esquina, a que termine el suplicio.

Salomón y Meyer deciden atravesar las paredes del gueto para sopesar qué tan grave es la situación; se encuentran familias comiendo corteza de roble, arrancando el pasto que comienza a salir entre el hielo. Ya no se ven perros ni gatos en las calles.

Lejos, en el campo, se amontonan los cadáveres que nadie tiene fuerza para enterrar. Los rumores entre los más privilegiados hablan con horror de canibalismo. Sienten pavor de tener que cuestionarse qué harán ellos si llega el momento de decidir.

Las imágenes quedarán en sus pesadillas para siempre. Me contaba mi abuelo que su padre jamás volvió a comer sin un dejo de culpa; junto con el corazón, también se le estrujó el estómago y enflacó cada día más. Algunos dicen que fue cáncer de colon, yo creo que fue desaliento por la humanidad.

El diario *Ukrainske slovo* tiene como noticia principal del 7 de noviembre de 1932 la muerte por apendicitis de Nadezhda Alilúyeva, segunda esposa de Stalin. Los funcionarios no se atrevían a comentar lo que ya se esparcía como el moho; la mujer fue hallada muerta en su habitación con un balazo del revolver Walther que guardaba en su mesa de noche. Se dice que llevaba meses suplicando a su marido que detuviera el Holodomor. Cuentan que, ante los ruegos, el tirano endureció su política, mandando matar incluso a quienes buscaran alimento en bodegas vacías o en las calles.

Richard, el suegro de Nathan, conocía desde hace muchos años a Gareth Jones, un periodista británico egresado de Cambridge con quien compartió algunas veladas. Jones se interesó por aquel hombre que había salido de Rusia y ahora era millonario. Richard leyó los artículos escritos por su amigo que se publicaban en varios diarios de Estados Unidos, en los que criticaba el plan de cinco años de Stalin. En 1931, Jones visitó la Unión Soviética acompañando al heredero del imperio alimenticio Jack Heinz II. Los hombres presenciaron el comienzo de la hambruna en Ucrania y ambos escribieron al respecto. En 1932, Gareth Jones entregó los artículos titulados «¿Habrá sopa?», donde preveía para ese invierno la peor crisis alimentaria en Ucrania. Sin embargo, gracias al eficiente aparato de propaganda del Komintern se logró desviar la atención, el Holodomor fue silenciado en otros países y los embajadores que visitaron la Unión Soviética regresaban inflamados de elogios. Pero Nathan, yerno de un hombre importante y muy conectado con los altos funcionarios norteamericanos, conocía la verdad. En política, la verdad generalmente repta entre los pasillos de las oficinas; como cucaracha, se esconde en las grietas de las paredes. Y todos la ven, pero nadie habla de ella. Gran Bretaña, Estados Unidos y la Sociedad de Naciones adoptaron la misma postura del primer ministro de Francia, líder del partido radical, Édouard Herriot, quien, embelesado por Stalin, al volver de las granjas creadas para engañarlo declaró: ¡Pues bien, afirmo que he visto al país como un jardín a pleno rendimiento!

A pesar de haber dicho la verdad, Gareth Jones fue denunciado como mentiroso por varios periodistas de Moscú y también por el *New York Times*.

El reportero vio morir a varios niños en las esquinas tapizadas de espanto en Járkov. Él lo presenció, pero nadie lo escuchó. Los gobiernos prefirieron no salir a defender a quienes estaban sentenciados por sus propios líderes. Así las relaciones diplomáticas se mantuvieron prístinas mientras las cloacas rebosaban de cuerpos que ya no podrían denunciar.

Járkov está a menos de quinientos kilómetros de Kiev. Había muchas aldeas en el camino y el hedor a muerte llegaba por las noches, se impregnaba en los sueños y los convertía en pesadillas demasiado cercanas.

Meyer le escribió a Moishe y le contó lo que estaba ocurriendo. Su familia tenía menos que comer cada día. Los sobrinos lloraban y los padres lloraban por dos. Moishe quiso restregarle su culpa, pero entendió que en ese momento sería inútil hacerlo.

Se volvió evidente que debían salir. Pero también era evidente que no les permitirían hacerlo y además casi ningún país estaba dispuesto a recibirlos.

Voy a visitar a mi abuelo cada vez que puedo. Cuando me ve entrar se le llenan los ojos de contento y de inmediato saca el dominó y pide té. Tenemos ya nuestra rutina en la que entre las fichas y el humo él me platica historias, muchas veces las mismas. Pero hoy es diferente, hoy mi abuelo saca una caja cuadrada de piel azul con las orillas descarapeladas y las bisagras de fierro oxidado. La abre con cuidado, como un novio a punto de ofrecer el anillo de compromiso a su amada; dentro hay un broche de filigrana de oro con chispas de rubís y esmeraldas formando la cabeza de un ciervo. Miro el hermoso objeto y subo los ojos hasta los de mi abuelo que, de inmediato, los cubre con sus lentes oscuros. Intuyo que debo permanecer callada para que sus lágrimas puedan convertirse en palabras.

Hirshel quiere decir «venado», dice en un susurro, así murió mi pequeño hermano, rodeado de hielo, de terror, de sangre. Como un animal atravesado por la flecha de un despiadado cazador. Este broche fue lo último que creó junto al joyero Hoffman. Él me lo entregó cuando llegó a México en el mismo barco que mis padres. Sabía que Hirshel hubiese querido que yo lo guardara.

Tomo un sorbo de té tan caliente que me quema la lengua. Y sigo callada en espera de una historia que, presiento, me atravesará como la flecha al venado.

Cuando la situación en Ucrania se volvió insoportable, se hizo aún peor para los judíos. Es curioso, ¿sabes?, este maldito pueblo elegido. Elegidos para ser odiados. Los bolcheviques nos detestaban por considerarnos nacionalistas burgueses, los burgueses nos llamaban bolcheviques. Los ucranianos sospechaban que éramos partidarios de los rusos y los rusos nos acusaban de ser agentes alemanes. En realidad, los judíos íbamos y veníamos aliándonos con aquellos que nos maltrataran menos y ofrecieran un asomo de estabilidad. Sin embargo, ante cualquier problema siempre se encontraba un judío a quien culpar. Y muchos sí eran criminales, espías, usureros, asesinos... pero lo eran por ser seres humanos, no por su religión. Cuando un gentil cometía un crimen, se le culpaba a él; cuando el delincuente resultaba ser judío, nos castigaban a todos.

Los Trachtenberg buscaban salir de Kiev, pero cada día las fronteras estaban más cerradas y el único pasaporte válido era el dinero o una visa sellada, ambos casi imposibles de conseguir. Las filas afuera de las embajadas y consulados eran tan largas que podían pasar varios días para que al final les rechazaran la petición, sin aclarar el porqué. Aquellos que lograban reunir la cantidad necesaria para sobornar a las autoridades tenían que huir dejando sus pertenencias atrás, ya que les revisaban las maletas y confiscaban cualquier objeto de valor. Es bien sabido que lo más fácil de ocultar y transportar son las joyas, y por eso muchos conservaron alguna reliquia familiar: un anillo de bodas, los aretes de la abuela. A pesar de haberlo perdido casi todo en los ataques constantes a los *shtetls* a manos de soldados de un país y otro, que terminaban siendo igual de rateros, esas joyas permanecían ocultas entre las maderas del piso, tras una piedra suelta en la pared o bajo las raíces de un árbol en el patio, con la esperanza de que con ellas se pudiera, eventualmente, salvar la vida.

El joyero Hoffman atendía clientes que llegaban con montoncitos de alhajas envueltas en un pañuelo. Asustados, miraban de un lado al otro, bajaban la voz y despacio abrían el paquete para mostrar lo que habían logrado conservar a pesar de los pogromos, la hambruna, los ataques y las amenazas. Buscaban vender los objetos, pero Hoffman no tenía dinero para comprarlos. Seguía atendiendo a mujeres de la aristocracia para fabricarles joyas especiales, únicas, ellas confiaban en él y por eso no lo habían obligado a cerrar su taller.

En cualquier momento entraban soldados y revisaban cada cajón para cerciorarse de que no tuviera valores escondidos, y el dinero que ganaba por hacer las joyas lo reinvertía en materiales para la fabricación de las nuevas y un poco de comida, lo cual lo convertía en el más privilegiado del gueto.

La idea surgió por casualidad. Una mañana llegó a su taller una mujer tan asustada como todas. Mientras mostraba un pañuelo en el que llevaba sus escasas alhajas, se tocaba el cachete, rojo e hinchado. El dentista del gueto había huido hacía algunas semanas y no quedaba quien la ayudara. Cuando Hoffman vio el terrible dolor de muelas que padecía la señora, le pidió que abriera la boca y con sus pinzas de joyería le extirpó el diente infectado. La mujer regresó a su casa con su paquete de joyas sin vender, pero aliviada.

Esa noche Hoffman bajó al cuarto en el que trabajaba, sacó uno a uno los instrumentos: pinzas de varios tamaños, seguetas, limas, lupa y un soplete para derretir el metal, además de un taladro con diferentes brocas de punta de diamante. Concentrado, inmerso en ideas que iban tomando forma, pensó en un gran plan.

Al día siguiente se lo compartió a Hirshel. Cuando llegó el primer cliente con una bolsita llena de pequeñas piezas de oro, Hoffman le explicó cómo lo podrían ayudar. El hombre se recostó en un sillón, abrió la boca y cerró los ojos. Mientras el joyero agujeraba con cuidado cada muela, Hirshel fundía el metal. Una a una las muelas se fueron cubriendo con el oro derretido. Lo que sobró,

Hoffman lo convirtió en tachuelas que clavó con cuidado en la maleta del cliente y en botones que cosió a su abrigo. El joyero cobró con unas cuantas de las tachuelas, que los soldados no le quitarían, y así podría empezar a ahorrar para escapar lo antes posible.

La noticia se esparció a tal velocidad que muy pronto se amontonaban personas en la puerta del pequeño negocio. Hoffman tuvo que salir a decirles que tenían que irse porque llamarían la atención de la policía. Al poco tiempo ya estaban organizados; al terminar con un cliente, este salía de la joyería y cuando atravesaba el jardín central decía su número para que entrara el siguiente. Pasaron así varias semanas. Hoffman trabajaba durante el día llenando dientes con el oro de los que buscaban escapar y en las noches haciendo joyas para las rusas aristócratas.

Todos en la familia de Salomón fueron a «taparse las muelas». Terminaron con una dentadura reluciente, botones nuevos en sus abrigos y las maletas llenas de tachuelas de oro que los joyeros cubrían con pintura negra para disimular.

Sin embargo, además de dinero, se necesitaba que los documentos tuvieran un sello oficial. Los funcionarios de la aduana exigían cantidades exorbitantes y negaban el salvoconducto con enorme placer a la mayoría de los que acudían a solicitarlo.

Una tarde sonó la campana que avisaba la llegada de un cliente a la joyería. Cuando Hirshel abrió la puerta, se encontró con un hombre fornido y sonriente, algo raro de ver en esos días. Al entrar, les contó que ya tenía su sello oficial y ahora solo hacía falta derretir el oro para llevarlo con él a *Amerike*, vociferó presumiendo en el aire los documentos. Mientras Hoffman tapaba las muelas, Hirshel copió el sello en un papel. Sus aptitudes de dibujante volvieron a florecer y la estampilla quedó idéntica a la original. El joven Trachtenberg se quedó hasta la madrugada grabando el dibujo en una placa de metal. Cuando Hoffman bajó, todavía en camisón, alertado por el ruido en su taller, Hirshel le mostró su trabajo y los hombres se abrazaron. Ahora el plan estaba completo: las personas que llegaban doblegadas por el miedo salían con suficiente oro camuflajeado para empezar la vida en cualquier lugar al que el destino los llevara y con el salvoconducto para poder salir sin cuestionamientos.

Llegó el momento para que los Trachtenberg también emigraran. Con el dinero que les enviaron sus hijos, habían ahorrado lo necesario para pagar la salida de todos los miembros de la familia, incluidos cónyuges y nietos. Habían logrado esquivar el peligro de ser atrapados en varias ocasiones y sabían que la suerte es como un velero frente a vientos encontrados; antes de que los suyos cambiaran, debían huir. Decidieron que Hoffman y su mujer se les unieran para abordar el siguiente barco. Hirshel avisó a sus padres que ya todo estaba listo y selló los papeles. Ahora había que elegir lo que merecía la pena de ser llevado a su nueva vida y dejar atrás lo prescindible. ¿Cuántas generaciones viviendo en las mismas calles? ¿Cuántos recuerdos? ¿Cuántos amigos que ya jamás volverán a ver? Nada era importante, solo la vida, el futuro, aunque sea un futuro lleno de ausencias.

Meyer escribió una carta a Moishe en la que explicaba el plan; ya solo esperaban un barco que partiera hacia América. Quizá pensó que al hablar de salvación podía borrar su culpa, minimizar su error ante el hermano traicionado.

Esa carta jamás debió ser escrita.

Hoffman va a entregar un nuevo *pendentif* a la esposa de un alto funcionario. Hirshel se queda derritiendo oro mientras espera el regreso de su maestro para cerrar por última vez el taller.

Los soldados entran rompiendo la puerta. Avientan lo que encuentran a su paso. La esposa de Hoffman sale del cuarto emitiendo un grito que queda suspendido en el aire cuando uno de los soldados la golpea con la culata y le abre el cráneo. Hirshel trata de agazaparse. No hay dónde. Lo sacan y con golpes lo avientan a un camión de redilas que espera cargado con otros rostros apanicados.

Un testigo corre a casa de los Trachtenberg para avisar de lo ocurrido. Saben que tendrán que huir y esconderse hasta que puedan escapar del país. Jasia llora el nombre de su hijo, que será por siempre el más pequeño de la familia, porque los muertos ya no envejecen.

Desde el Transiberiano, junto con decenas de prisioneros, Hirshel logra ver a través de la ventana los campos destruidos de Ucrania. Cierra los ojos para imaginar que esta en un barco y que lo siguiente que asomará a través de los vidrios empañados será aquella Estatua, esa que aparece en una postal que le mandó su hermano Harry: *Aquí te estamos esperando*, le escribió. Y Hirshel la colocó frente a su cama.

El señor Hoffman vuelve a su casa, afuera lo esperan los policías que le muestran la carta de Meyer. El joyero niega todo, dice que Hirshel trabajaba a sus espaldas. Entra a buscar el dinero que tiene escondido para sobornar a los guardias y ve el cadáver de su mujer. Es demasiado. Tiene 72 años y la fuerza para luchar se queda pegada a la mirada tan abierta, tan sorprendida, de la que fue su esposa por más de cincuenta.

Lo llevan a la cárcel. Antes de ser enviado a Siberia llega a visitarlo la señora Golitsyn, esposa de un importante aristócrata ruso; por más de un lustro el señor Hoffman le había hecho todas las joyas que usó en los eventos más suntuosos de Moscú y París. Cada vez que volvía, le contaba al joyero cómo las mujeres se detenían a admirar su collar, las tiaras y broches: Más hermosas que las de la zarina, Dios la tenga en su gloria, clamaba entusiasmada. Hoffman se sentía feliz con estos relatos y con cada alhaja que le fabricaba incluía un pequeño regalo para su cliente, algo sin mucho valor económico, pero siempre una pequeña obra de arte. Ese día la señora Golitsyn entra en la cárcel y con la voz de quien se sabe superior ordena que dejen libre a su amigo: Es un camarada de mi esposo, dice, y será mejor que lo dejen salir antes de que él se entere que lo tienen aquí encerrado, mi marido castiga a quienes maltratan a sus amigos.

Los guardias no quieren problemas, tienen suficientes prisioneros para divertirse torturándolos por varias semanas, así que lo sueltan, a fin de cuentas, es solo un viejo judío más. En la calle, la señora Golitsyn lo abraza y le desea suerte. Tengo que irme antes de que mi esposo sepa lo que hice y me mande a mí también a Siberia, dice con una risita empapada en zozobra.

Muy lento, porque la vida pesa cuando ya no queda nada porqué vivirla, Hoffman clava una a una las tachuelas de oro que quedaron regadas por el piso de su taller. Los soldados se robaron algunos triques sin valor y dejaron más de cien pequeños clavos de oro puro. Empaca un cambio de ropa, la fotografía de su boda y la última pieza hecha por Hirshel: la cabeza de un venado, que pensaba regalar a su madre el día de su cumpleaños. El prendedor quedó escondido entre dos placas de metal que ayudaban a fijar las chispas de rubí en los cuernos y las esmeraldas en los ojos tan ávidos de seguir mirando.

Los Trachtenberg y el joyero huyen a Lutsk, donde tienen primos lejanos. Saben que no pueden quedarse con ellos porque los pondrían en peligro, pero seguro encontrarán algún lugar en dónde esconderlos unas semanas, en lo que se tranquiliza la búsqueda y logran llegar a un puerto de salida. Las aguas revueltas del Holodomor generan nuevos crímenes cada día. Muy pronto dejan de perseguirlos. Además, y eso lo saben, pero lo callan, lo silencian incluso en las imágenes que intentan torturarlos, los soldados ya tienen su recompensa. Apresaron a Hirshel y asesinaron a la señora Hoffman, suficiente sangre para saciar el hambre de los depredadores, al menos por un rato.

Salomón y Jasia, junto con sus dos hijas, dos yernos, tres nietos y un amigo, salen en la madrugada ayudados por el carnicero, quien los esconde entre los cuerpos de unos becerros que transporta para la fiesta de un alto funcionario del gobierno ruso. Meyer también los acompaña, pero deja atrás a su mujer, que se quedó en casa con sus padres porque su embarazo está demasiado avanzado para caminar tantos kilómetros. Él no puede permanecer con ellos porque su nombre está en la lista negra de quienes deben ser apresados. Aún no sabe que fue su carta la que detonó el horror, de haberlo sabido quizá hubiera preferido que los soldados lo mataran. Y es que a veces es mejor morir de un balazo certero que astillado por la culpa.

Hirshel y los otros detenidos llegaron a Siberia, a los campos de trabajo, donde dormían hacinados en literas en las que cabrían ocho cuerpos, pero yacían veinte. Los prisioneros que vivían ahí bufaron por el arribo de los nuevos, aunque sabían que llegando el invierno volverían a ser menos. Quizá ellos tampoco sobrevivirían, lo único seguro es que serían menos.

Al paso de los meses, Hirshel se acostumbró a la vida de presidiario; llegó en el invierno más crudo, por lo que aprendió a sobrevivir. Las caminatas al *tartak* eran largas y durante los momentos más crudos del invierno la temperatura bajaba a treinta grados bajo cero. El cuerpo encontraba la forma de entrar en calor mientras talaba árboles, decenas de árboles, día tras día.

Poco a poco cedió el frío, llegó el verano. Entraron cada día nuevos prisioneros y había menos comida y menos espacio en las camas. Hirshel decidió que en cuanto regresara el invierno trataría de huir.

Los siguientes meses le parecieron menos terribles, quizá porque en su mente cada día planeaba la forma de fugarse y eso lo alejaba de pensamientos oscuros, del dolor de las llagas en las manos, de la tristeza de extrañar tanto a los suyos.

Cayeron las primeras nieves. Algunas semanas atrás notó un pedazo de reja levantado por algún animal en busca de comida. Es un agujero pequeño, pero con su delgadez de años sin buena alimentación seguro que se podía deslizar a través de él. Entendió que probablemente moriría en el intento, pero la posibilidad de lograrlo lo envolvía en sueños de libertad. Convenció a otros dos compañeros. Durante tres semanas se prepararon guardando una porción del pan mohoso que les tocaba, y a veces unas habas. La primera noche sin luna se arrastraron por la nieve recién caída hacia la reja rota. Los soldados que debían hacer guardia estaban metidos en un cuarto con chimenea, llenos de vodka y carcajadas. Hacía años que nadie intentaba escapar, no había adónde ir, afuera existían tan solo los bosques helados de Siberia.

Hirshel y sus compañeros no se detuvieron. A su llegada, hace un año, el joven estuvo muy atento durante el trayecto hacia el campo de trabajo y con su mente de dibujante trazó un mapa bastante certero. Calculó que tendrían que caminar hacia el suroeste al menos diez noches antes de llegar a la frontera. Durante el día dormían. La única forma de obtener agua era derritiendo la nieve. Tenían que hacerlo con paciencia, poniendo trozos en sus vasijas de metal y moviéndolos con una rama hasta que se volvieran bebibles. Uno a uno masticaban los pedazos de pan que habían guardado. No era suficiente, cada día estaban más débiles y por ello recorrían menos kilómetros de los necesarios. Presentían que el hambre los iba a matar y sus cuerpos quedarían congelados bajo la nieve hasta que algún animal los encontrara en la primavera. Esta muerte no les parecía tan mala, mejor que perecer en el campo por los golpes de los guardias o tirados con el hacha aún en la mano sangrante. Entre las alucinaciones uno de los compañeros vio un conejo. Lo persiguió hasta dar con la madriguera y logró atrapar uno, gordo y rosado. Lo mataron y lo devoraron crudo, arrancando los pedazos de carne como lo haría un felino.

Guardaron el resto de la carne y la comieron en pedacitos. Finalmente llegaron a la República Soviética de Kazajistán que, a pesar de ser parte de la Unión Soviética, aún conservaba muchas de sus costumbres. La temperatura era mucho más noble y en vez de campos nevados, encontraron pastizales repletos de ovejas de karakul que proveían la lana tan deseada en la fabricación de gorros y abrigos. Una noche entraron a una granja y comieron alimento para animales, que disfrutaron como un manjar. Cayeron profundamente dormidos en la paja suave y tibia del granero. En la mañana, los descubrió una jovencita que guardó el grito que estaba a punto de emitir cuando vio la mirada suplicante de los tres jóvenes de su misma edad. Le explicaron que los arrestaron injustamente, suplicaron piedad. La chica les llevó comida caliente, pan y queso para el camino, cobijas y unas monedas. Les imploró que esa noche salieran porque su papá no permitiría su estancia; esconder prisioneros implicaba la pena de muerte.

Se dirigieron a la ciudad más cercana para tratar de buscar algún transporte que los alejara de la Unión Soviética. Tratar de llegar a cualquier lugar en el que ya no fueran fugitivos. Casi todos los días, Hirshel recordaba a Moishe y sentía una enorme tristeza al pensar en el dolor que debía de estar sintiendo su hermano mayor al creerlo prisionero en Siberia. O muerto.

Las calles estaban repletas de hombres vestidos con largas y pesadas túnicas, botas negras hasta las rodillas, miradas serenas y firmes. Los prófugos se ofrecían a realizar pequeños trabajos en los que no les hicieran demasiadas preguntas; barrían las calles, cargaban bultos en el mercado, a cambio solo pedían comida. Fue así como Hirshel probó los platillos más exóticos y deliciosos que jamás había conocido. El primer sabor que conquistó su paladar fue el del *Beshbarmak* que significa «cinco dedos», ya que todos lo comían con las manos. Su favorito fue el *plov*, una mezcla de arroz, frutas secas y especias servido con una sopa de pasta con verduras y carne de cordero. Con cada bocado los tres hombres lloraron de placer y agradecimiento.

Llevaban tres semanas cuando Nikolái descubrió, entre los puestos del mercado, la mirada esquiva de la jovencita que les salvó la vida. Se acercó a ella para ayudarla a cargar los bultos y ya nunca salió de aquellos ojos. Hirshel y su amigo se despidieron de él y la que pronto se convertiría en su esposa, con un abrazo de hermanos. Hermanos de supervivencia, que son los más entrañables.

Al llegar a orillas del Mar Caspio se encontraron con guardias soviéticos por todos lados. Se habían levantado revueltas por las ciudades. La gente se quejaba de la hambruna provocada por Stalin. Miles morían y otros tantos intentaban escapar. De pronto, Hirshel y su compañero se separaron en una estampida de personas que huían de las balas. El pequeño venado corrió lo más rápido que pudo, a su paso vio a una mujer caída y paró para ayudarla a ponerse en pie, unos segundos que permitieron a uno de los guardias alcanzarlo y atravesar su bayoneta en el vientre del joven. La sangre escurrió. Serpenteando por el suelo formó un arroyo que, con su última mirada, Hirshel vio resbalar a las orillas del mar Caspio. Murió con una sonrisa, imaginando que al fin su sangre era libre para recorrer el océano hasta el lugar donde lo esperaba su familia.

Quizá una estatua.

Mi abuelo termina el relato con los párpados muy apretados, como queriendo evitar que se vaya la última sonrisa de su hermano pequeño. Pensarás que esto no lo puedo saber, me dice, y, sin embargo, *sheine ponim*, créeme que lo sé.

La historia de Hirshel se aglutina con las cenizas de millones de relatos similares. Al intentar contármela, mi abuelo confunde las fechas, se le ha desdibujado la cara de su hermanito.

Tampoco conoció a su cuñada, la esposa de Meyer, ni a sus hijos. Solo supo de sus muertes en lo que la historia ahora llama «la masacre de Babi Yar», la ejecución masiva que ocurrió entre el 29 y el 30 de septiembre de 1941, cuando el *standartenführer* de la SS Paul Blobel ordenó a los prisioneros, que habían apresado en Kiev y sus alrededores, que se metieran desnudos al barranco de Babi Yar, para que los soldados de la SS los fusilaran. Fueron más de 33 mil tan solo en una noche. Esto lo supieron muchos años después, cuando el dolor de uno se entramaba con el del otro y se escribían novelas y cuentos que no lograban manifestar en toda su intensidad lo sucedido. No lo lograron entonces ni lo consiguen hoy.

Pero seguimos tratando.

1933. Kiev-Estambul-Palestina-México

Los Trachtenberg sabían que desde 1927, cuando Stalin tomó el poder, se volvió casi imposible salir de la Unión Soviética. A partir 1929 era ilegal viajar al extranjero, y las excepciones dadas a periodistas o personas influyentes fueron cada día menos frecuentes. Ni siquiera el suegro millonario de Nathan conseguía entradas, ya que, con la gran depresión en Estados Unidos, todo se había complicado. Además, el dinero soviético era inútil en otros países y por eso solo el oro podía salvarlos. Se escuchaban rumores de una nueva guerra. No había tiempo que perder.

La única opción era viajar a Odesa y ahí sobornar a algún marinero para que los resguardara en las bodegas de un buque hasta llegar a puerto. Pero eso resultaba imposible llevando niños. Las fronteras estaban cada día más custodiadas. Tenían que tomar una decisión que resultaba la más dolorosa, pero la única viable.

Las mujeres y los niños se quedarían en Odesa, en casa de Fanya, una prima lejana que aceptó esconderlos a cambio de una enorme cantidad de oro. Salomón, Jasia y Meyer buscarían embarcarse y, una vez en América, verían cómo sacar a los otros. Los esposos de Eva y Masya decidieron quedarse con sus mujeres y sus hijos para protegerlos. En Odesa había una población de más de doscientos mil judíos y se vivía en relativa calma bajo el gobierno de Stalin. Aunque la hambruna había llegado a todos, la prima ya conocía aquellos atajos que encuentran los que sobreviven.

Después de algunos días indagando cómo escapar, a Salomón, Jasia y Meyer los mandaron con Doruk, el turco, un hombre de edad indefinida que llevaba en la cara los surcos de los caminos recorridos a lo largo de su vida. Les explicó que era imposible cruzar el océano desde Odesa, sin embargo, si llegaban a Turquía existía la posibilidad de tomar un barco hasta América o Palestina. Él viajaba constantemente transportando productos de un sitio al otro, tenía un permiso especial firmado y sellado por los más altos funcionarios de la Unión Soviética, quienes le compraban sal, carne seca, quesos, telas bordadas en Uzbekistán para sus mujeres y hasta botellas de un buen vino artesanal. Doruk comerciaba con cualquier producto que pudiera ser de interés para los ricos que aún vivían en las ciudades. Siempre en el lodazal de la pobreza hay ricos incrementando sus fortunas.

Salomón le ofreció treinta tachuelas de oro para llevar a los tres hasta Estambul. El comerciante sabía lo peligroso que resultaba transportar judíos, pero últimamente su negocio ya no era tan próspero, y el olor a guerra traía el recuerdo de días oscuros. Era mejor ir ahorrando por si él también tenía que huir. También pensó que podría matarlos, robarles el oro y dejarlos tirados como tantos otros cadáveres en los caminos de tierra, sin embargo, le gustó la mirada serena y confiada de Salomón. Me recordó a mi abuelo, le confesó días después, con varios vasos de vodka en el cuerpo.

El hombre les explicó que deberían recorrer ochocientos kilómetros a través de caminos poco transitados. Si no surgía algún inconveniente, llegarían a Estambul en siete días. Les indicó que antes de entrar a los pueblos en los que realizaba los intercambios comerciales deberían bajar de la carreta y esconderse en los bosques cercanos. Después, al anochecer, regresaría por ellos para seguir el trayecto. Salomón le dio quince tachuelas y prometió entregar las otras cuando llegaran a su destino. Sus vidas estaban a merced de un desconocido, que en esos momentos parecía mejor opción que estar en manos de los asesinos.

Fue así como mis bisabuelos y su hijo llegaron a la ciudad que aún se mantenía neutral y no sufría los estragos de una guerra que, antes de comenzar, ya había dejado millones de muertos en Europa. Faltaba la llegada de Hitler, que ese año fue nombrado canciller de Alemania. El comienzo de tantos finales.

Estambul los recibió con un enorme sol sumergiendo sus rayos en las aguas calmas del Bósforo. Al poco tiempo escucharon historias de miles de refugiados que habían conseguido hacer en Turquía una nueva vida, economistas, arquitectos, escritores y profesores de todas las religiones que encontraron en esas tierras un lugar para desarrollarse y vivir sin persecución. Sin embargo, los Trachtenberg no se podían quedar, debían llegar a América, donde los esperaban los demás. Debían también buscar la forma de rescatar a los que quedaron atrapados entre la desesperación y la esperanza, ambas muy peligrosas para sobrevivir.

Las últimas tachuelas sirvieron para comprar tres boletos en el primer barco que salía de Estambul hacia Palestina. Llevaban meses aguardando, habían enviado cartas a Harry y Nathan y también a Moishe para decirles que estaban bien. Esperaban que al menos alguien las hubiera recibido.

Su viaje por el Mediterráneo fue placentero, por primera vez no se sentían fugitivos. Aunque navegaban en tercera clase, tenían un camarote compartido con tan solo dos pasajeros y les servían comida caliente tres veces al día. Jasia dormía en otro camarote, con varias mujeres.

En tres días llegaron a las costas de Palestina, donde los recibieron judíos sionistas. Algunos eran hijos de aquellos que en 1882 emigraron a las tierras prometidas de Israel. Otros eran jóvenes socialistas laicos que en 1903 hicieron la segunda gran *aliya*, convencidos por los discursos de Teodoro Herzl, en los que explicaba que los judíos jamás podrían conseguir la igualdad hasta no tener un país propio. Estos hombres y mujeres se establecieron en comunidades formadas en tierras poco rentables que les compraron a propietarios árabes y que llamaron *kibutz*. En 1930, refugiados de la Alemania nazi y de Rusia hicieron una nueva *aliya*. Los muchachos que los recibieron trataron de convencer a Meyer de que se quedara con ellos. A Salomón y a Jasia no les ofrecían permanecer porque para crear una nación se necesitan manos fuertes y corazones jóvenes. Pero Meyer les explicó que tenía que rescatar a su esposa y a sus dos hijos, del segundo ni siquiera sabía si había nacido hombre o mujer, y para ello debía llegar a América. Unos días después consiguieron, destapando sus muelas, boletos para viajar al nuevo continente.

Moishe no sabe mucho acerca del viaje de sus papás y su hermano. Yo trato de investigar en Google, incluso le pregunto a mi mamá y otros familiares, sin embargo, los datos son muy confusos. Lo poco que se sabe es que llegaron a Turquía, de ahí fueron a Palestina y después Moishe los recibió en Veracruz. Los abuelos nunca contaron la historia y el relato quedó trunco; porque, al salvarse ellos, poco a poco perecieron los otros, porque Jasia jamás dejó de llorar a los ausentes y Salomón, con cada lágrima, se sintió más desdichado. Hay historias que solo podemos contar quienes las conocemos al paso de los años, y por eso nos duelen menos.

Aunque hay noches en las que imaginar sus caras, el momento de sus muertes, el dolor del abandono no me deja dormir.

Segunda parte

1984. México

Mi abuela Ana volvió a Baranovich sesenta años después de haber emprendido el camino del exilio. La convenció su hija menor, mi mamá, siempre ávida de viajar, conocer y vivir experiencias nuevas. Se unieron al grupo la hija mayor y dos amigas. *Balalaika Girls*, decían las camisetas que mandaron hacer, divertidas y entusiasmadas por una aventura que prometía lugares exóticos y encuentros sorprendentes.

Llegaron a Moscú, donde pasarían cuatro días para después seguir el recorrido hasta Baranovich. Ana percibió la angustia que alguna vez se había enclavado en su cuerpo, entonces demasiado joven para definir el sentimiento. Comprendió cómo el miedo se queda aglutinado en los huesos y es muy difícil de extirpar. Intentó ignorar el desasosiego. En México gozó de una buena vida, en paz y abundancia, nunca tuvo que esconderse ni resguardar a sus hijas. Y, sin embargo, el miedo ya formaba parte de sus entrañas y se revelaba en el momento menos esperado.

Jamás pensó que, al estar parada frente a una casa medio derruida, mucho más pequeña a la de sus imágenes quiméricas, se debilitarían sus piernas. Cerró los ojos, quizás ese fue el error. No debemos cerrar los ojos, porque es entonces cuando nos astillan los recuerdos.

Abrió la puerta una mujer tan demolida como las paredes. En su rostro, los surcos marcados por una vida de enojos, de insatisfacción. Ana recordó a su papá cuando algún día le dijo que en las arrugas y las miradas de los viejos se podía ver el recorrido de sus vidas. Es fácil analizar si la boca cae en un gesto de repudio o si las comisuras se elevan en una sonrisa. Esta mujer ha odiado, pensó Ana, y sintió compasión. Trató de explicarle, en su ruso oxidado, que ella había vivido en esa casa hacía más de sesenta años y le pidió permiso para pasar. Quería reconocer las paredes, percibir quizá algún olor familiar agazapado en cualquier esquina. Quería ver si en la ventana de su cuarto quedaba huella de las últimas lágrimas que derramó ahí, creyendo que ya jamás regresaría. Pero la vieja impidió el paso y gritó que la casa era suya. Vociferaba cada vez más agresiva que su esposo había pagado mucho dinero a unos sucios judíos y azotó la puerta. La realidad es que cuando los judíos iban desapareciendo de las calles del gueto, los rusos tomaban sus casas. No había a quién pagarle, no había quién reclamara. Como si no se dieran cuenta, como si no fuera lógico cuestionarse por qué cada noche desaparecían familias completas, ellos miraban a un lado y al otro, como cuando nos encontramos un billete tirado en la calle, y al estar seguros de que nadie los miraba, entraban a la que sería su nueva propiedad. Fue así como el que había sido el gueto de los judíos se convirtió en una colonia nueva de familias pobres ahora con casas propias.

Las *Balalaika Girls* volvieron a México. Mi madre pensó que hacer el viaje y llevar a Ana de regreso a Baranovich había sido un error, pero para mi abuela fue una vivencia maravillosa. México es un paraíso, me dijo, un paraíso que me dio la más hermosa vida. Allá todo huele a muerte.

1904-1914. Baranovich

A principios de 1904 llegó a la casa de la familia Wolloch una vieja encorvada, cargando años, una viudez prematura y los chismes y pormenores de todos en el pueblo. Una casamentera debe saber cada detalle, decía con orgullo. Mis *shidaj* son siempre benditos porque conozco a la perfección a cada muchacho y muchacha que decido unir, y no solo de Baranovich, también de los pueblos a muchos kilómetros. Nunca se sabe a dónde se esconde la unión auspiciosa.

Cuando Reishke abrió la puerta, supo de inmediato que la mujer había encontrado esposa para su hijo menor, Yankl, que había cumplido veintidós años y empezaba a preocupar a sus padres porque no se había casado. Reishke hizo pasar a la vieja casamentera y antes de empezar la conversación le ofreció té y *rugelaj* rellenos de mermelada de chabacano. Su madre le había enseñado que siempre hay que ofrecer algo dulce a los invitados para que la visita traiga buena suerte al hogar.

Por supuesto que todos los judíos de Baranovich se conocían, al menos de vista, y generalmente por las habladurías que hubiera en torno a sus familias. Siempre hay un chisme que merece ser contado en la sinagoga, mientras los hombres rezan y las mujeres, separadas por una gruesa pared, no tienen nada mejor que hacer. Reishke había oído hablar de la familia Mukasei, una de las más prestigiosas del lugar. Shmuel y Sore Mukasei se dedicaban a promover la cultura de Baranovich. Además, él tenía un importante empleo en la banca y pertenecía a diferentes comités y organizaciones. Definitivamente era una unión conveniente para la familia Wolloch. Pero Yankl era el hijo consentido de Reishke y por más que la casamentera moviera la cabeza, desesperada por las dudas de la mujer, que debería estarle besando los pies en agradecimiento: ¡Habiendo tanto muchacho soltero, faltaba más!, aceptó esperar dos días antes de hablar con el padre de familia.

Reishke pidió tiempo para ir a conocer a la que le ofrecían como futura esposa de su hijo. Llegó al número 36 de la calle Potchowe Gas. Le gustó lo que vio: una residencia grande, de madera, con un porche con techo a dos aguas, muchas ventanas y acondicionada para el frío y el calor. Le abrió la puerta Parashe, una chiquilla rusa de no más de doce o trece años, quien dijo ser la sirvienta. Lo siento, los señores salieron, yo les digo que vino a buscarlos. En realidad, solo quiero conocer a Minke, respondió Reishke, soy su futura suegra.

Parashe, confundida, pues no sabía que la señorita tuviera pretendiente, la hizo pasar. La mujer entró en silencio y se quedó en el marco de la puerta de la cocina, viendo con deleite el cuidado y dedicación que Minke ponía en la tarea de pelar papas.

Volvió encantada a su casa y mandó llamar a la casamentera. Con un plato lleno de galletas le dijo que ya podía hablar con su marido. Los tratos para unir a un hombre y una mujer se hacían entre hombres, las mujeres debían acatar lo que ellos decidieran. Reishke, tranquila con la imagen de una jovencita dedicada y pura, ahora sí podía subordinarse.

El trato se selló entre Joseph y Shmuel, los padres de los novios. La boda se dispuso para el siguiente mes.

Minke y Yankl se vieron por primera vez el día de su boda. Además de la dote y el ajuar de novia, Sore, la madre de Minke, le regaló a su hija su anillo de matrimonio heredado de generación en generación a la primera mujer de la familia en casarse. El anillo de plata tiene la forma de una mansión en miniatura, a un lado, una bisagra permite abatir la casa, dejando ver una mesa con seis pequeñas sillas. Es la mesa de Shabbat, para que tu hogar esté siempre bendecido, lleno de hijos y de abundancia, le dijo Sore a su hija antes de depositarla en el brazo de su padre, que la entregaría a su futuro marido.

Minke entró despacio, un velo cubriendo su cara, tomada fuerte de Shmuel, sus piernas temblaban mientras su mirada intentaba enfocar, a través de la tela, la cara de quien sería para siempre el hombre de su vida. Aquel con quien dormirá y engendrará hijos, aquel que decidirá por ella cualquier situación importante. Buscaba sus ojos porque es ahí donde se ve el alma. Poco a poco, al acercarse pudo distinguir un halo de bondad y sus piernas dejaron de temblar. Cuando llegó el momento de levantar el velo de la novia para ofrecerle la copa de vino que sellaría el matrimonio, sus miradas parecieron reconocerse. Es curioso, contaba mi bisabuela, pero en ese momento supe que Yankl había estado conmigo siempre.

Después de la ceremonia, Shmuel ofreció un banquete en el patio de su casa. Para dividir el lugar, como indicaban las reglas religiosas, habían puesto una reja cubierta de yedra que separaba a los hombres de las mujeres. Mientras los varones bailaban colocando botellas de vino en sus sombreros y dando vueltas al son de la música, las mujeres rodeaban a la hermosa novia cubriéndola de bendiciones, buenos deseos y algún comentario pícaro de lo que le esperaba después. Entonces llegó el momento en el que los nuevos esposos se podían acercar; los sentaron en unas sillas y, elevándolas, permitieron que se tomaran de las manos por encima de la valla y, uniendo sus sonrojados rostros, tocaron sus labios por primera vez.

Inmediatamente después de la suntuosa fiesta, Minke se cambió de ropa y se encontró con Yankl en el carruaje que los llevaría a la estación de tren para comenzar el viaje de bodas.

La luna de miel fue en Cracovia, en el Hotel Pollera, el más elegante de la ciudad, un regalo de la familia Wolloch para los recién casados, con la esperanza de que en tan suntuosa habitación procrearan a su primer nieto. Minke entró precedida por un botones que cargaba el baúl con el ajuar que Sore había ido preparando desde el nacimiento de su hija. Cuando Minke tuvo su primer sangrado y su madre supo que se acercaba el momento de casarla, mandó a hacer con la costurera más famosa de Odesa un camisón blanco bordado con flores para la noche de bodas, junto con el camisón venía un pañuelo, también bordado, con el cual Minke mostraría a su suegra la sangre de su virginidad.

Antes de cerrar la puerta, el botones levantó una pequeña palanca de metal en la pared, esto hizo que se encendiera el candil con decenas de focos en el techo del cuarto. Minke y Yankl quedaron perplejos, jamás habían visto luz eléctrica. En cuanto el botones salió, el novio se acercó a la palanca, un poco temeroso la bajó y la luz se apagó. Perdió el miedo y comenzó a subir y bajar el interruptor, haciendo que el cuarto se iluminara y oscureciera. El joven le dijo a su esposa que ahora ella jugara con el nuevo descubrimiento. Primero tímida y después desbocada, encendió y apagó la luz, una y otra y otra vez. Se rieron y aplaudieron felices hasta que sintieron el cansancio de tantas emociones. Relajados, se tumbaron en la cama. El camisón bordado permaneció en el baúl y Yankl y Minke se durmieron con la ropa que traían puesta. Pasarían varios días antes de manchar el pañuelo y, para entonces, ya había nacido una complicidad de amigos que duró hasta la prematura muerte de Yankl.

1906. Baranovich

Cuando llegó a vivir con sus suegros, Minke le pidió a permiso a su esposo para poner en el patio un gallinero y un gran horno para cocinar pan. Yankl, al igual que todos en su familia, era carnicero, aunque presumía con más orgullo ser parte del famoso y respetado cuerpo de bomberos de Baranovich, encargado de apagar los muchos incendios que, antes de la creación del departamento de bomberos, arrasaban con pueblos enteros. En su día a día trabajaba en la carnicería, el negocio de la familia por generaciones. Cada semana salía junto con su padre y sus hermanos a las poblaciones vecinas a comprar becerros y vacas. Con la destreza heredada y las bendiciones necesarias para que la carne fuera kosher, mataban a los animales, los desangraban, destazaban y vendían en su tienda de la calle Marinska. Además, cada semana ponían un puesto en el mercado local, frente al que se hacían enormes colas para comprar la carne que engalanaría la cena de Shabbat de los hogares judíos más prominentes. Muy pronto, fue Minke la que atendió el puesto, agregando a la mercancía, sin consultarlo con los hombres de la familia y ante la mirada sorprendida y aprobatoria de su suegra, los pollos y gallinas criados por ella.

Uno de esos días de tumultuoso mercado sintió las primeras contracciones. Al principio pensó que eran calambres, porque llevaba muchas horas parada. Sin embargo, al notar un líquido escurriendo entre sus piernas recordó la explicación que le había dado su madre al saber que cargaba al primer nieto. En este caso, y para decepción de ambas familias, nieta. Al notar la palidez de su mujer y los ojos suplicantes, Yankl la subió en la carreta en la que transportaban la carne. El hermano menor corrió hasta el domicilio de la partera, llegó sin aliento, exclamando que urgía que fuera a su casa a atender a su cuñada. Minke estaba acostada en la carreta, empapada en la sangre de los animales destazados.

Al verla, la comadrona comenzó a gritar histérica que la niña se estaba desangrando. Clamaba y corría como una de las gallinas decapitadas. Yankl bajó a Minke y la acomodó en la cama mientras Sore zarandeaba a la comadrona, explicándole que la sangre era de los becerros.

Los primeros pasos de Ana estuvieron acompañados por los aplausos y vítores de su madre, abuela y sirvientes, con el entusiasmo que aún generaban las primeras veces y que fue disminuyendo con cada nueva boca que alimentar, montón de pañales que lavar y hervir, raspones que limpiar y el miedo profundo que se implantaba con la llegada de cada nuevo hijo.

Baranovich cambió de frontera una y otra vez. Cuando Ana nació era parte de Polonia. Se consideraba una ciudad moderna, sus habitantes gozaban salir en la mañana para ir a la estación de tren y transportarse a Brest o a Bolkovisk. A Minke le gustaba ver las caras de asombro de los pasajeros que vivían en algún *shtetl* en las afueras de la ciudad al encontrar frente a ellos una metrópoli grande, pavimentada, desbordada de tiendas lujosas y entretenimientos. Una vez a la semana, Minke iba a la oficina de correos a recoger cartas que enviaban sus primos. Cuando una de ellas traía timbre de América a Minke le saltaba el corazón. Era como ver al tigre en su jaula, acercarse hasta los barrotes y escuchar su rugido. Daban ganas de acariciar a la bestia, que probablemente arrancaría el brazo de quien se atreviera. América… el sueño cada vez más ardiente de muchos. ¿Para qué?, se preguntaba, si aquí tenemos todo. Su mirada recorría la calle en la que se elevaban, portentosas, la oficina de telégrafos, la de teléfono y la de pesos y medidas, además de la estación de bomberos. Sacudiendo la mano, hacía un gesto de descarte: América, y soltaba un bufido. Pero la excitación incomprensible se quedaba en su cuerpo por varios días.

De regreso, Minke saludaba a sus vecinos; al musulmán Mohammed, quien vendía afuera de la mezquita los más deliciosos pasteles de dátil; a los Gordon, que eran parte del nuevo movimiento sionista y generaban desconfianza entre los más tradicionalistas, pero que a Minke le caían muy bien. Cuando tenía tiempo, hasta se detenía a platicar con ellos y trataba de aprender una o dos palabras de hebreo, la lengua que aquellos idealistas pretendían enseñar a los más jóvenes del pueblo, para cuando por fin se fueran a vivir a la ciudad de Jerusalén, en Palestina. Algunos días pasaba junto a la iglesia Griega Ortodoxa, disminuyendo la velocidad de sus pasos para tratar de ver, a través de la puerta, al sacerdote con un enorme gorro blanco y dorado, tan elegante. Ana iba siempre de la mano de su madre, cargaba una bolsa del mercado y escuchaba los bisbiseos de la mujer. Eran palabras sueltas, a veces alguna queja. Poco a poco fue descifrando que la situación en Baranovich se complicaba cada día más. Se decía que los pogromos pronto llegarían a sus puertas. Ya ayer estuvieron en Kletsk, se comenta que violaron a más de cincuenta mujeres y niñas, le dijo consternada su vecina. Es terrible, farfullaba Minke, y Ana la oía en silencio, en uno de esos silencios que se clavan y después gritan fuerte. Desde entonces a mi abuela se le incrustó la idea de escapar, aunque aún no supiera con claridad por qué ni a dónde ni de quién tenía que huir.

Minke observaba cómo los rusos se aproximaban cada vez más. Para 1910, los ataques eran frecuentes. Entonces ya tenía dos hijas, Ana y Roze, de cuatro y tres años y el recién nacido varón, gracias a Dios, Sholem. Cuando escuchaba la llegada de los soldados, Minke metía a sus hijas en el enorme horno de pan y las cubría con mantas y hogazas viejas. Las niñas habían aprendido rápido y ya lo hacían solas. Una mañana, mientras se cocinaba la *jala* para celebrar Shabbat, oyeron los caballos y los gritos de los soldados. Las niñas miraron angustiadas a su madre, no podían esconderse porque el horno seguía encendido. Minke volteó de un lado al otro, no había lugar en el que los soldados no buscaran, sedientos de matanza y de violar niñas, mejor aún si eran judías. Me cuentan que mi *bobe* Minke, como siempre la llamé, se sentó en su mecedora, les dijo a sus hijas que se metieran debajo de sus amplias enaguas, tomó al niño y lo pegó a su pecho, cantando una canción, mientras recibía a los soldados con un cordial saludo. Pasen, les dijo, me apena que esta es una casa modesta y no van a encontrar objetos lujosos, pero por favor tomen lo que quieran. Los soldados buscaron, tiraron algunos muebles, abrieron la despensa en donde encontraron sacos de azúcar y piezas de carne seca, esto logró saciar su voracidad. Insultaron en ruso y salieron sin despedirse y sin notar el hilo de orina de Roze que escurría por debajo del vestido de su madre.

Aunque Ana era demasiado pequeña para entenderlo, ese momento definió su mirada. Comenzó a soñar lejos, más allá de las fronteras, más allá de los prejuicios, más allá de un océano que aún no conocía.

Antes de emprender el viaje, Ana decidió prepararse lo más posible. El *Gimnazie* de Baranovich era una escuela de primera categoría solo para hombres; aunque llevaba apenas diez años funcionando, ya se consideraba como el mejor lugar de la zona para estudiar. Unos años después, se abrió la *Kadziane*, a la que podían asistir mujeres. Para muchos habitantes de la ciudad esto era inaceptable, hubo quejas, y los padres, ofendidos, pregonaban que demasiado conocimiento solo podía resultar en mujeres rebeldes y, después, ¿quién se querría casar con ellas? Quieren convertir a nuestras hijas en prostitutas, repetían en las charlas de café con sus amigos y en la mesa familiar, para dejar claro que en esa casa ninguna mujer tenía permitido estudiar. Para Ana aquello fue un enorme golpe de suerte, pues al no llenarse el cupo, permitieron la entrada a estudiantes judías, por supuesto solo de familias ricas.

Ana había descubierto su pasión por aprender desde que su papá le enseñó a leer y escribir a los tres años. Acababa de nacer Roze, la segunda hija. El hombre fingía felicidad: Lo importante es que está sana, pregonaba con un ligero temblor en los labios. Pero al llegar a su casa, seguro de que jamás tendría descendencia masculina, optó por educar a su primogénita como si fuera un varón. Minke, su mujer, lo veía como a un loco, sin embargo, permitía que llevara a la niña a trabajar con él para instruirla en las labores de un digno heredero: hacer cuentas, separar los diferentes cortes de carne, amarrar los paquetes y, al envolverlos en papel, anotar el nombre de los clientes. Más adelante, aunque ya había nacido Sholem, Ana siguió acompañando a su papá, aprendió a leer en un ruso perfecto y su madre aplaudía al escucharla recitar los cuentos de Iván Turguénev.

Por supuesto que ya no hubo forma de detener su pasión por instruirse. En 1912 Ana cruzó el río Vishanka en la carreta en la que casi había nacido seis años antes. La escuela se encontraba en las afueras de la ciudad, en la Nueva Baranovich. A los padres de las niñas judías que habían aprobado los exámenes de admisión les advirtieron que debían permanecer en la colonia de los ricos en la que se encontraba la *Kadziane* solo durante el tiempo que duraban las clases, si se les veía merodeando por las calles a deshoras serían apresados. Yankl condujo hasta la entrada donde Ana pudo ver, a través de unos altísimos pinos que flanqueaban el acceso, su nuevo colegio. Cuando percibió a su papá embebido en sentimientos encontrados, despidiéndola lloroso, pensó que ese sería el momento más difícil. Descubrió, demasiado pronto, que la verdadera dificultad sería enfrentar el odio de sus compañeras al descubrirla judía. La niña había creído que el rencor, la violencia, los golpes solo podían salir de seres enclavados en un uniforme que los convertía en monstruos. Los soldados eran malos, los niños no. Esa certeza duró muy poco tiempo.

Al terminar las clases, su papá la esperaba en el lugar en el que la había dejado. Ella procuraba limpiar las lágrimas, esconder la tela rasgada de su vestido, inventar una caída para justificar los moretones en los brazos. No decía nada porque no quería renunciar a la escuela. Habían entrado tan solo cinco niñas judías, una de ellas no regresó después del primer día, otras soportaron algunos meses, pero terminaron por derrumbarse. Ana pasaba las mañanas metida en el salón y escondida en las letrinas durante los tiempos libres. La violencia se volvía cada vez más severa, en especial porque los adultos encargados de mantener el orden miraban al otro lado. Día a día los moretones ocupaban más espacio, los vestidos llegaban a manos de su madre más rotos.

Solo permaneció Ana, que por supuesto se mantenía en silencio. Pero en Baranovich cada Shabbat el templo se volvía el lugar de intercambio de noticias y chismes, y los hombres no tardaron en cuestionar a Yankl. ¿Cómo es posible que sigas llevando a tu hija a ese colegio? A mi hija la golpearon entre cuatro compañeras y las maestras no dijeron nada. ¿La vas a dejar ahí hasta que un día tengas que recoger un cadáver? El hombre, descompuesto, regresó a su casa gritando el nombre de su primogénita. Al oír tanto alboroto apareció corriendo Minke, llevando en la mano una gallina descabezada que seguía moviendo las patas como queriendo huir. ¿Ahora, qué te contaron en el templo?, cuestionó a su marido. Era muy frecuente que Yankl llegara a casa enojado o preocupado por algún chisme infiltrado entre rezo y rezo. Entonces, se asomó Ana, su padre, furioso, comenzó a levantarle el vestido mostrando a Minke los moretones y rasguños. Por supuesto que la madre ya los había visto, pero quería creerle a su hija, quien siempre tenía una explicación válida: un tropezón, un mal paso en la escalera, accidentes sin importancia. ¿Sabes que no queda ni una niña judía en la *Kadziane*?, solo la nuestra que, por terca, prefiere que la maten antes de dejar de estudiar: ¡Y te van a matar, que no te quepa duda!, le vociferó a su hija, mientras la abrazaba llorando con impotencia.

Ana no regresó al colegio. Todos los días leía y releía los libros, pero su desesperación fue creciendo al presentir que probablemente jamás iba a obtener una educación avanzada.

Sin embargo, un año después, la comunidad de Baranovich decidió fundar un colegio judío. El director era el profesor Shapiro, quien de inmediato descubrió en los ojos azul profundo el hambre de Ana por el conocimiento y decidió alimentarla.

Además de las clases normales que incluían el hebreo como segundo idioma, el profesor Shapiro le pidió a su alumna favorita que se quedara una hora más para enseñarle a hablar inglés. Este es el idioma del futuro, decía, y el futuro va a llegar antes de que logremos esquivar su zarpazo.

Cuando las memorias de mi abuela aún flotaban en una nube certera, a mí no se me ocurrió preguntar. Después, el tiempo, que pasa como tolvanera y cubre todo hasta hacerlo desaparecer, disipó esas certezas. Para el momento en el que yo estaba decidida a ser escritora y por ello recuperaba todos los datos que me sirvieran para escribir una novela, mi abuela solo decía Pfff y alejaba con sus dedos chuecos de uñas rojas mis preguntas. Casi todas. En cuanto le hablaba de sus estudios recuperaba el brillo en la sonrisa repleta de dientes postizos y contaba. Entonces yo encendía una pequeña grabadora para guardar sus palabras, pues sabía que no quedaba mucho tiempo para obtener esas preciosas anécdotas. Otra tolvanera es el descuido. Terminé por perder los casetes llenos de la voz de mi vieja. Pero aún estoy a tiempo de recuperar las historias desde mis recuerdos, a fin de cuentas, pasados por el mismo tamiz de lo inventado.

Uno de los relatos más vívidos es el del comienzo de la Gran Guerra. En el pueblo se hablaba de una movilización, allá, afuera, no dónde estaban ellos, y por eso no parecía tener mucha importancia. Sin embargo, un día llegaron a la ciudad un montón de soldados del ejército imperial ruso y de la gendarmería de San Petersburgo acompañando al zar Nikolái II. De un momento a otro Baranovich se convirtió en la residencia temporal del zar y su familia, así como de la aristocracia y la corte que, como buenas rémoras, jamás pululan lejos de lo que brilla y salpica fortuna.

Ana recordaba haber ido a ver cómo transformaban las casas, las llenaban de muebles y adornos enormes y muy dorados. Una de sus imágenes más claras es la de la llegada de dos espejos: Eran más grandes que nuestro comedor, decía, abriendo mucho los ojos. Roze y yo nos quedamos paradas, tomadas de la mano. Mamá nos había prohibido ir lejos de casa, pero la llegada de esos carruajes tirados por caballos blanquísimos y repletos de tesoros era más fuerte que mi obediencia. De pronto el sol, como un rayo del inframundo, golpeó nuestra cara. Nos tapamos con fuerza los ojos, paralizadas por el miedo. Unos segundos después vimos que había sido el reflejo en uno de los espejos. Viste, dijo mi hermana, son tan grandes que hasta les cabe el sol.

La llegada de la guerra, en 1914, complicó la situación de los judíos, que entonces eran más de diez mil y que muy pronto comenzaron a huir. Porque, eso sí, a los judíos se les rechazaba en todo menos en reclutarlos como soldados. Soldados de primera línea, la «carne de cañón», como se llama hasta el día de hoy a las minorías que interponen sus cuerpos y sus vidas para defender a los que toman coñac en una sala de juntas.

Mis bisabuelos y sus hijos permanecieron en la ciudad. Yankl ya era viejo para ser reclutado y ellos, demasiado niños. Aunque el antisemitismo se había exacerbado, vivían tranquilos dentro del gueto, compraban en sus calles, rezaban en sus sinagogas, platicaban con otros iguales, con los mismos miedos y también las mismas alegrías. Mientras la situación no se saliera de control, la vida en Baranovich era buena. Yankl seguía vendiendo carne y apagando incendios. Minke, criando pollos e hijos. Ya eran cinco mujeres y dos hombres, y la vida se iba haciendo a veces a trompicones, pero se hacía al fin.

1922. Vilna

Ana recuerda como uno de los días más hermosos de su vida cuando, a los once años, leyó su primer poema en inglés. Con la luz de su poesía y la contundencia de sus palabras, Walt Whitman le daba esperanza. Ana leyó unos párrafos de «Song of Myself», primero en voz alta para que el profesor Shapiro corrigiera su pronunciación. Después, palabra por palabra para comprender el significado. Cuando llegaron a la frase *«I am large, I contain multitudes»*, Ana lloró. Por primera vez en su vida entendió que podía ser parte de algo mucho más grande que ese pueblo, que esa vida, que tan solo esperar el momento de ser elegida, si tenía suerte, para ser esposa de alguien.

Leyeron el poema una y otra vez. Lloraron juntos. Ella porque sabía que un futuro enorme se abría para ser conquistado, para conquistar. Él, porque comprendía que nunca sería parte de ese futuro.

El profesor Shapiro le había platicado que en América las mujeres podían estudiar las mismas carreras que los hombres y que, además, podían trabajar. ¿Pueden trabajar en cualquier cosa?, preguntó Ana. Shapiro respondió que sí y le contó que, si él hubiera podido ir a América de joven, habría querido ser dentista. Le apasionaba la idea de curar y sabía que uno de los peores dolores venía de los dientes. Así que Ana decidió que sería dentista para cumplir el sueño de su mentor.

Walt Whitman se convirtió en su faro, la poesía en su cobijo y el sueño de ser dentista en su obsesión.

La Gran Guerra había concluido, en Baranovich la vida continuaba, Ana terminó el *Gymnasium* y ahora tendría que ir a estudiar en alguna de las universidades fuera de la ciudad. La más grande y prestigiosa era la Universidad de Vilna en la que, además, Shapiro había enseñado durante algunos años y conocía personas que podrían ayudar al ingreso de su alumna favorita.

Ana se acercó primero con su mamá; sabía que, de convencerla a ella, lo demás quedaría a su cargo, y cualquier cosa que Minke tomara en sus manos sin lugar a duda sucedería. Le explicó que quería ir a Vilna a estudiar odontología y que si terminaba el curso preparatorio podría aplicar para ir a alguna universidad en América. ¡En América, mamá!, ¿te imaginas? Dice el profesor Shapiro que sí lo puedo lograr. Minke escuchó a su primogénita, le dolía que su hija se fuera de Baranovich, pero siempre supo que el gueto le quedaba chico. Ahora que terminaba la Gran Guerra y las cosas se ponían más difíciles por la falta de provisiones, entendía que Ana se sintiera desesperada. Si le permitía ir a Vilna quizás se conformaría y dejaría atrás el sueño de América.

Ahora había que convencer a Yankl. El hombre era un buen trabajador, marido y padre cariñoso, pero los cambios no le acomodaban. Le gustaba la rutina: camisa blanca, chaqueta y pantalones de lana negra y sombrero, siempre; en invierno de piel de zorro y en verano un *kolpak* de fieltro. Llegaba a comer puntual al mediodía, la mesa tenía que estar puesta, el pan y la mantequilla listos y un vaso pequeño de vodka para facilitar la digestión. Cualquier evento que irrumpiera en su rutina lo ponía de terrible humor. Tanto así que Minke presumía que había parido a sus siete hijos en horas en las que sabía que su marido estaría desocupado.

Sin embargo, solo el padre de familia podía tomar una decisión tan importante, así que había que convencer a Yankl de que todo era idea suya.

Cada Shabbat se sentaban a la mesa y uno a uno iban platicando sobre su semana. Cuando le tocó hablar a Minke, con una serenidad que sorprendió a Ana, dijo que estaba muy feliz porque el sueño de Yankl de que su primogénita estudiara se hacía realidad. Recordó cómo el padre de familia había enseñado a su hija a leer desde los tres años, cómo la llevaba a trabajar con él y ella hacía las cuentas sin equivocarse. Su marido rio, sí, Ana era un hijo perfecto, lástima que naciera mujer. Minke continuó hablando, siempre alabando la educación que Yankl había promovido para su hija. Y hoy, dijo elevando la voz, hoy la han aceptado en la hermosa Universidad de Vilna. Nuestra hija, gracias al empeño de su padre, será odontóloga. Ana corrió a abrazar y a agradecer al confundido Yankl, después le dio un fuerte beso a su mamá y lloró de alegría cuando, al día siguiente, le comunicó al profesor Shapiro que le habían dado permiso de ir a estudiar. Todo ocurrió sin que el *pater familias* emitiera ni una palabra.

La habían admitido gracias a sus excelentes calificaciones y las recomendaciones de Shapiro, sin embargo, la familia tendría que pagar la colegiatura y la estancia. Cuando Ana supo lo que costarían sus estudios, pensó en renunciar, era demasiado pedir a sus padres, que ya con dificultad mantenían a siete hijos. Pero Minke no se lo permitió. Desde que tu padre y yo nos casamos cada semana he ahorrado una moneda. A veces, cuando hay una boda o gran fiesta y vendemos mucha carne, logro ahorrar tres o cuatro *zlotys*. Así que ahora tengo lo suficiente para ayudar a pagar tus estudios. Vas a ser dentista y estoy muy orgullosa de ti.

Ana se instaló en la casa que rentaba la señorita Jolanta, una mujer de edad indefinida y amargura expuesta en cada arruga, en cada gesto de sorna. Nadie conocía bien la historia, pero los chismes se pasaban entre las jovencitas que cada semestre llegaban a su residencia. Las más veteranas no tardaban más de una semana en transmitir el chisme a las nuevas. A Ana le contaron que la señorita Jolanta se había comprometido para casarse y que el novio no llegó a la boda. La casa había sido un regalo de su padre. Jolanta nunca más quiso estar cerca de un hombre, vivía sola y se dedicaba a recibir señoritas que estudiaban en la Universidad de Vilna para solventar sus gastos.

Dormían cinco en un cuarto, las camas acomodadas una junto a la otra. Compartían un baño con las residentes de las recámaras contiguas. Ana dejó su maleta debajo de la cama que le asignaron, se despidió de Minke, que la había acompañado, y con los ojos llorosos de tanto nuevo, de tanto miedo, de tantas ganas, le agradeció. Verás que muy pronto les regreso todo lo que van a gastar, le dijo, en una promesa que, entonces no supo, cumpliría con creces.

Frente a ella, un enorme patio de cuadros de mármol negro y blanco. Al fondo, el edificio más imponente que jamás hubiera visto o imaginado, coronado por una torre amarilla con tejas rojas que se elevaba hasta tocar las nubes.

El primer día de clases los nuevos alumnos se congregaron en la biblioteca. Ana no concebía que pudiera existir un lugar más hermoso. El techo, una bóveda con frescos de colores sutiles, bordeado por ventanas atravesadas por un haz de luz que caía sobre los escritorios de caoba. Al centro, una mesa con lámparas de cristal de leche. Y al fondo, vitrinas repletas de libros, cientos, quizá miles de tomos.

Ahí Ana conocería la poesía de Pushkin y de Briúsov. Los cuentos de Gógol y de Edgar Allan Poe y las novelas de Víctor Hugo. Se asombraría una y otra vez con Lord Byron. Su amor por las letras la acompañaría a lo largo de una travesía que, además de cruzar el océano, la haría comprender lo que es cruzar los límites de la imaginación.

Con tal de no pedir dinero a su madre, Ana inventaba que la generosa señorita Jolanta preparaba deliciosas cenas y les regalaba pasteles. En realidad, ella y sus compañeras de cuarto juntaban unas cuantas monedas de las enviadas por sus familias y compraban una hogaza de pan que dejaban endurecer para que así les durara más. El pan duro es difícil de masticar, se reía Ana cuando me platicaba esta historia, así que, al poco tiempo, el cuerpo cree que ha comido mucho. Claro, unas horas después nos despertaban los retortijones en la panza vacía, pero entonces ya era de día y en la escuela era tanto el trabajo que ni cuenta nos dábamos. Una vez al mes las visitaban familiares que siempre les traían algunas provisiones. Minke les cocinaba los más deliciosos *zemelaj*, el pan dulce con azúcar, canela y pasas que las hacía llorar de emoción.

Una de esas tardes entró al cuarto Irenka, una jovencita tímida y nerviosa sobreviviente de polio, que caminaba sostenida por dos bastones. Su pierna izquierda era delgada como un cordel, pero su mente era la más brillante que Ana jamás hubiera conocido. Irenka hablaba tres idiomas y recitaba de memoria poemas completos, además de ser una gran matemática. Sus padres eran muy ricos, pero se avergonzaban de la discapacidad de la hija. La mandaron a Vilna y en casa de la señorita Jolanta le procuraron uno de los cuartos principales; dormía sola, tenía baño propio y hasta una bañera con agua caliente todas las noches, pero su familia nunca la visitaba. El papá era parte del nuevo gobierno que, al parecer, lo mantenía demasiado ocupado y la mamá siempre ponía alguna excusa por la cual no podía llegar.

Irenka se asomó, atraída por el aroma de los *zemelaj*. Las compañeras reían y daban pequeñas mordidas al postre. Cuando estaba a punto de irse, Ana la llamó y le ofreció la mitad de su galleta. Pruébalas, son lo más rico que existe, las hace mi mamá, dijo orgullosa. Sus amigas la miraron incrédulas de que estuviera compartiendo el único alimento que le quedaba. Desde ese día Irenka pasó a ser parte del grupo. Caminaban juntas a la universidad y cuando el frío era demasiado, las invitaba a dormir en su cuarto con calefacción, aunque tenían que salir antes de que tocara la campana para despertar, ya que estaba prohibido que las residentes pobres subieran a las recámaras de las ricas.

La señorita Jolanta no prendía la calefacción de los cuartos generales más que unas horas y solo si la temperatura bajaba de los diez grados bajo cero. Las compañeras aprendieron a dormir abrazadas, con los colchones en el suelo y compartiendo cobijas. Pero sus cuerpos, cada vez más delgados, no alcanzaban a evitar que las acometiera el frío de la madrugada, por lo que muy seguido alguna amanecía con fiebre y había que llevarla a la enfermería sin avisar a la dueña de la casa pues, de enterarse, la correría de inmediato.

Ana estudiaba como si supiera que en esos conocimientos recaería la vida de su familia. Atendía las clases, hacía las tareas y además pasaba horas en la biblioteca para leer a sus autores favoritos y porque era un lugar que se mantenía a una buena temperatura. Trataba de calentar sus huesos lo más posible antes de volver a la casa de señoritas.

Aunque la guerra había terminado, en los pasillos comenzaba a sentirse el hedor de los odios exacerbados y ya se hablaba de un nuevo conflicto, otra vez con Alemania como protagonista. Ana fue percibiendo que el antisemitismo apretaba con más furia. Notaba la agresión en muchos de sus maestros que trataban de reprobarla ante cualquier falta. Algunos de sus compañeros, antes amables o al menos indiferentes, ahora la miraban con sorna, la empujaban si se cruzaban con ella en algún pasillo y gruñían algo en alemán, lo que crispaba sus malos augurios. Los pocos judíos que estudiaban en Vilna comenzaron a distinguirse porque caminaban pegados a las sombras, arrastrando los pies y con la espalda encorvada.

El terror que desde hacía años se había diseminado en Alemania, ahora los alcanzaba. Desde 1920 el partido Nacionalsocialista había promulgado el llamado «Programa de 25 puntos», en el que declaraban su intención de segregar a los judíos y de abolir sus derechos políticos, jurídicos y civiles.

Aunque Baranovich seguía siendo parte de Polonia, las ideas nazis ya habían permeado en todas las capas de la sociedad. El racismo emergía cada día con más fuerza.

La Universidad de Vilna decidió aplicar los *Numerus Clausus*, una forma de primero limitar y después eliminar a los estudiantes judíos. Se anunció en una reunión general que todos aquellos que no tuvieran la ya tan elogiada «sangre pura» debían presentarse de inmediato ante la junta directiva para informarles de su nueva situación.

Ana llegó con el miedo escurriendo por su espalda. A pesar de que afuera el hielo cubría el suelo y las paredes de la universidad, su cuerpo temblaba con un extraño sudor. Entró al auditorio en el que seis hombres, sentados detrás de una mesa larga, la miraban con desprecio.

A partir de este momento no puedes volver a pisar la universidad. Te ordenamos que salgas de inmediato. Tienes dos días para dejar la casa de señoritas de Frau Jolanta, que es un lugar para mujeres decentes.

El miedo se convirtió en una convicción inquebrantable de buscar un lugar en el mundo en el que no se respirara el tufo constante del ódio. Al llegar a la casa, vio su pequeña maleta tirada en la entrada, abierta, con su ropa y algunos libros dispersos en el pasto, empapados por la nieve y el lodo. Sus amigas se acercaron a ayudarla a empacar; lloraban con culpa y furia. ¿Qué vas a hacer?, preguntaban, sabiendo que Ana no tenía dinero para comprar el boleto de tren para volver a su casa.

La señorita Jolanta se asomó para gritarle que se fuera de inmediato, que estaba ensuciando el patio con sus puercos pies.

Terminaba de recoger sus cosas cuando apareció Irenka. Mientras la dueña de la casa gritaba que no se acercara a la basura, Irenka sacó de la bolsa de su abrigo un montón de billetes y se los entregó a Ana. No tengo más, le dijo con lágrimas avergonzadas, furiosas, pero al menos te alcanza para el tren y comprar algo de comer. Ana la abrazó hasta que la señorita Jolanta las separó, gritándole que devolviera el dinero. Los billetes son míos, replicó Irenka, y si se los quita, armaré un escándalo con mi familia.

Al alejarse, Ana giró para ver la mirada satisfecha de su amiga. Una mirada que aprendería a reconocer muchas veces entre aquellos que después se llamarían «justos entre las naciones».

Un hombre volvía de Berlín con un periódico en las manos y tanto miedo en la saliva que le era difícil hablar. Batía el papel mientras Yankl y otros de sus amigos, que cada mañana antes de trabajar se reunían a tomar té y platicar, lo miraban sin entender. Era la publicación de un nuevo periódico alemán llamado *Völkischer Beobachter*. El amigo explicó que el nuevo partido Nacionalsocialista había creado ese diario, «El Observador Popular», tradujo, para dar más énfasis a su relato. Abrió la primera página y leyó las acciones tomadas en contra de los judíos. Eran tan atroces que horrorizaron a los hombres, incrédulos de que esto estuviera ocurriendo a pocos kilómetros de Baranovich y en pleno siglo XX. ¿No habían aprendido nada de la Gran Guerra? ¿De lo inútil de tanto muerto, de tanto odio justificado por ridículas ideas de superioridad?

Yankl regresó a su casa, cabizbajo y angustiado. El rumor se escuchaba cada vez más cercano; el peligro, más inminente. Apenas abrió la puerta sintió en su cuerpo gacho el abrazo de Ana. Quiso estar feliz por el retorno de su primogénita, pero la cordura le vociferaba que esa llegada inesperada no podía ser una buena noticia.

1929. Baranovich-París

Era un gran momento para vivir en París, en especial siendo filósofo. Shapiro llegó a la Sorbona dos años antes; despertaba cada mañana rodeado de alumnos ávidos por aprender. Era un paraíso sin agresiones, donde el ruso y el alemán se utilizaban para compartir ideas y no sentencias de muerte. Al ser ciudadanos del mundo, los franceses amaban lo extranjero, lo exótico, al menos esto era cierto para los estudiantes y filósofos con los que él convivía. Meses atrás conoció a un pensador que ya en sus veintes parecía estar dispuesto a cambiar el curso de la filosofía y llevarla hasta lugares provocadores y desafiantes. El joven acababa de unirse a una mujer de apenas veintiún años que llamaba la atención por una belleza que parecía provenir de sus entrañas y emanar por la piel. Los ojos golosos de algo que proclamaba como la más absoluta libertad y que a Shapiro le parecía Nirvana. Sartre y Beauvoir comenzaban a hablar de ideas que llamaban «existencialistas». El profesor no entendía muy bien sus principios, pero sonaban intrigantes. Algunas veces estuvo en las tertulias que ocurrían en el Café de Flore, y aunque ya era viejo para pertenecer, sentía que la sangre le escaldaba con nuevos bríos después de unas copas de Absinthe con las que saboreaba las discusiones sobre el ser y la libertad.

Apenas doce años atrás habían muerto en Europa más de dos millones de soldados y ciudadanos peleando una lucha banal e inútil. Los gritos de los filósofos eran enérgicos; las ganas de ser libres, más intensas. Aunque criticaran a Beauvoir porque no quería tener hijos ni casarse ni pertenecer a la sociedad en la que había nacido, muy adentro muchas mujeres pensaban igual, pero no se atrevían a decirlo y por eso admiraban a quien sí tenía la valentía.

Shapiro había leído que a Beauvoir su papá le decía, a modo de cumplido, que tenía cerebro de hombre. Cuando una tarde la escuchó hablar y vio el fuego en su mirada y la determinación en sus puños, de inmediato pensó en Ana.

Con las voces de los seguidores de Hitler cada día más fuertes, aumentaron las matanzas y prohibiciones. Los soldados rusos parecían leones que una vez que han probado carne humana ya no pueden parar. El primer disparo es el difícil, después matar se vuelve, incluso, apetecible.

En la casa de los Wolloch cualquier esperanza de una vida en paz se difuminaba con las noticias, cada día más lóbregas. Cuando Ana pensó que jamás podría estudiar una carrera, llegó una carta que cambiaría sus vidas. El profesor Shapiro, al enterarse de su expulsión de la Universidad de Vilna, pidió un permiso para llevarla como su asistente personal a la Sorbonne, donde ejercía como profesor de filosofía. *Te puedes quedar aquí, viviendo con nosotros el tiempo que quieras, aunque las cosas en Francia se están complicando, aún podemos hacer la vida. Pero sé que tu sueño es ir a América. Si puedes llegar hasta acá yo te regalo el boleto de barco. Salen de Le Havre a Nueva York con bastante frecuencia. Pero no sé cuánto tiempo quede. Si decides venir, por favor, apúrate.*

Le había prometido que la ayudaría a cumplir su sueño de ser dentista y estaba decidido a hacerlo. Shapiro no tenía hijos, él y su esposa habían tenido que aceptarlo después de intentar tratamientos y pócimas, cualquier receta de las viejas comadronas, incluso dos cirugías, sin resultados. Para Shapiro, Ana se había convertido en lo más cercano a una hija.

Minke, Yankl y Ana leyeron juntos las palabras del profesor. ¿Cómo iba a lograr llegar a Francia? Salir del gueto ya era complicado y, en general, requería de sobornar a los guardias, a lo que habría que sumar el costo del transporte de Baranovich hasta París y dinero para el viaje.

Apenas les alcanzaba para alimentar a la familia día a día y ya eso los convertía en una de las más pudientes del lugar. Hubo un silencio y cada uno se avocó a sus tareas, con la profunda tristeza de ver los sueños arrasados.

Esa noche el padre de familia entró en su casa con el pecho ensanchado y la mirada brillosa. Sacó de la bolsa del abrigo billetes y monedas y los puso en la mesa de la cocina. Minke, Ana y los otros hijos lo miraban como si contemplaran un milagro casi religioso. ¿Recuerdas el anillo de compromiso de mi madre?, dijo, pues ahora se ha convertido en un viaje a América.

Ese anillo, que Yankl había guardado a través de los buenos y los malos tiempos como el único legado de su mamá, es lo que hoy me permite escribir esta historia. Sin ese dinero la posibilidad de mi existencia se hubiera terminado en una cámara de gas, mucho antes de haber logrado nacer.

Desde el momento en que entró la armada roja y arrebató Baranovich de manos de Polonia, se formó un grupo de resistencia dentro del gueto. Lo dirigía un hombre muy delgado, de brazos enérgicos y mirada serena, apellidado Sokolov. Su meta era organizar a los más fuertes para huir hacia el bosque y ahí, junto con los partisanos de otras ciudades, organizar un levantamiento para liberar al resto de la población. Juntaban armas que conseguían en el mercado negro, también adquirían medicinas y a veces algo de comida.

Sokolov llegó a Baranovich cinco años antes; lo habían enviado como exiliado junto con 120 hombres de diferentes pueblos en los que la armada roja había eliminado a la población judía. A ellos los dejaron vivos porque los necesitaban para trabajar en la construcción de rejas y viviendas y así poder seguir hacinando gente dentro de los guetos más grandes. El hombre llegó débil y desnutrido, sin muchas esperanzas de vida. Yankl lo acogió en su casa y Minke lo cuidó como había cuidado a sus siete hijos. Le puso paños fríos en la frente y le dio a cucharaditas de su famosa sopa de *perel groibe*. ¡Puede levantar muertos!, exclamaba con orgullo su marido. El hombre se recuperó y desde ese momento se hizo la firme promesa de liberar el gueto. Organizaba reuniones clandestinas y reclutaba hombres jóvenes y afanosos. De todos modos, ya estamos muertos, advertía a los reticentes a unirse a su brigada, ¿qué puedes perder?

Yankl sabía que, si alguien lo podía ayudar para que Ana lograra ir a Francia, sería Sokolov, el «Jefe», como lo llamaban todos. Tengo algo de dinero y ya la esperan en París, explicó, pero no sabemos cómo sacarla. El hombre le pidió unos días para ver qué podía hacer. Una semana después regresó con un plan, arriesgado, pero el único posible. Un soldado le había contado que en unos días regresaría a Moscú para ver a su familia. Sokolov se había hecho su amigo, muchas veces jugaban cartas y se emborrachaban a la sombra de las confidencias. En realidad, ninguno quería estar en ese lugar en el que vivían por decisión de otros, y, aunque les había tocado estar en lados opuestos de la valla, compartían las mismas lágrimas de terror y nostalgia. Le pediría al soldado que sacara a Ana escondida en su coche, después le darían ropa nueva para presentarla como su esposa en los diferentes retenes que se habían colocado en los caminos. Una vez en Moscú y con papeles falsos, sería posible llegar a Francia. Pero el plan requería de mucho dinero. Mucho más del que Yankl había obtenido con la venta del anillo.

Aunque apenas lograban comer y la ropa colgaba de sus cuerpos como de enjutos muñecos de trapo, algo en Ana permanecía con esperanza. Su ilusión aumentó cuando Sokolov les informó que se había retrasado el viaje del soldado, lo cual les daba más tiempo para reunir la suma necesaria. Entonces creyó ver la intervención de la mano divina de la que tanto le habían hablado; esa que detuvo a Abraham antes de matar a su hijo, esa que ayudó a cruzar el Mar Rojo a los hebreos que escapaban del faraón. Una mano que ahora demoraba la salida de su salvoconducto.

Sin embargo, en el gueto era cada vez más difícil conseguir dinero, ya no tenían nada que vender, y aunque lograran encontrar algo, no habría quien lo pudiera pagar. Por más que trataron no fue posible conseguir la suma necesaria.

El día que se había fijado para su escape, Ana se asoma a través de la reja de púas. Ve al soldado abrir la puerta del coche en el que ella tendría que estar. El joven hace una pausa y gira la cabeza, sus miradas se encuentran. Ana detiene la respiración, quizás él decida ayudarla. Pero el soldado desvía los ojos y sube al vehículo, dando un portazo que suena a réquiem.

Si el favor de Dios hubiera querido ayudarla, habría encontrado una forma. Los pensamientos se tornan aún más punzantes. ¿Por qué se preocuparía Dios de su salida? ¿El Todopoderoso que permitió que murieran miles de niños de hambre, miles de personas fusiladas, miles de soldados inocentes?

No. No puede ser que el Creador lo permita. Y se clava en su vientre una punzada que nunca va a olvidar al concluir, en ese momento, que Dios no existe.

Pasan varias semanas en las que la vida parece continuar sin aspavientos. Cuando lo único que ocupa la mente es la forma de obtener el siguiente alimento y de sobrevivir, los días transcurren empalmados, sombríos.

Esa mañana, muy temprano, llama a la puerta el Jefe. Les explica que existe la posibilidad de salir del gueto si se tiene una carta oficial que acredite una razón válida para hacerlo. La única forma que tendría Ana de viajar a París es si la universidad envía un documento de aceptación. La mujer recobra un poco de la esperanza que se había diluido, y con letra firme redacta una carta a su mentor.

Al recibir la noticia, Shapiro decide escribir a la Universidad de Columbia para explicarles la situación de su protegida. Sabe que entrar a la Sorbonne es imposible, Ana no habla francés y además el número de judíos que se admite es cada vez menor, aunque no se diga abiertamente. En su escrito a Columbia les cuenta de una niña de seis años con la voluntad inquebrantable para estudiar, aprender inglés y leer todos los libros que alcanzaba a tener. Les relata su lucha para llegar a la Universidad de Vilna y cómo la expulsaron entre insultos por ser judía. *Sé que yo no soy nadie*, termina el mensaje, *pero estoy seguro de que algún día me van a agradecer el haberles presentado a esta asombrosa mujer*.

Europa apenas se está recuperando de tanta muerte y tanta miseria. En los cafés de París los estudiantes levantan la voz, no quieren pelear las batallas de otros, mientras en el aire se respira el hedor de los dirigentes sedientos de poder y venganza que siempre detonan las guerras. Shapiro lee los diarios, habla con profesores de la universidad y entiende que muy pronto volverá a haber enfrentamientos. El tiempo para que Ana viaje a Estados Unidos se termina. Se entera, por unos amigos que decidieron huir del nazismo, que existe un barco llamado *Mexique*, perteneciente a la flota de la Compagnie Générale Transatlantique y bautizado así desde 1928, cuando hizo su primer viaje a México y Cuba. La siguiente travesía será en septiembre de 1931; queda poco tiempo para que Ana pueda llegar a América. En México hay una comunidad judía lista para recibir refugiados. Además, Ana tiene familia en Nueva York. Un hermano de Yankl lleva viviendo ahí desde los dieciocho años y ha hecho una buena fortuna, según cuentan sus esporádicas cartas en las que incita a su hermano a alcanzarlo, aunque nunca ofrezca el dinero para hacerlo.

La carta de Shapiro llega a la Universidad de Columbia siete meses antes de que zarpe el transatlántico de 35 mil toneladas de fierro y muchas más de esperanza. Un buque dedicado desde entonces a salvar vidas. En la oficina de admisiones abre el sobre un hombre llamado Pitirim Taboritzki, que había llegado a Nueva York como parte de la llamada «emigración blanca», en la que dos millones de rusos huyeron de la revolución bolchevique.

Pitirim pertenecía a una familia rica, su padre era un reconocido filósofo y su hijo seguía sus pasos. Sin embargo, con la Revolución la persecución contra los intelectuales se hizo feroz. Los Taboritzki se reunieron con los Nabokov, sus amigos más cercanos, una familia aristócrata con conocidos en altos cargos, que los ayudarían a conseguir permisos de salida. El hijo mayor de los Nabokov y mejor amigo de Pitirim, Vladímir Vladímirovich, era un joven divertido y brillante que hablaba a la perfección ruso, inglés y francés, y que desde los nueve años soñaba con ser escritor. Salieron juntos de San Petersburgo en 1919. Los Nabokov decidieron quedarse en Alemania mientras que los Taboritzki continuaron el viaje hasta Estados Unidos.

Los amigos permanecieron en contacto. Nabokov se fue a estudiar a Cambridge poco antes de que asesinaran a su padre por cuestiones políticas. Taboritzki entró a estudiar a la Universidad de Columbia. Nunca logró ser el filósofo que anhelaba, sin embargo, los éxitos literarios de su amigo lo hacían sentir muy orgulloso.

En la oficina de admisiones de la universidad, Pitirim lee la carta enviada por un tal Shapiro en la que habla de la inteligencia y voluntad inquebrantable de una jovencita que sueña con estudiar en Columbia. Pitirim entiende que muy probablemente esta es su única posibilidad de escapar de la inminente guerra y el antisemitismo cada día más voraz. Sin pensarlo, toma un sello y presiona con fuerza un documento que dice que Ana Wolloch ha sido admitida en la Universidad de Columbia. Él mismo envía el sobre, con una enorme sonrisa, y se sienta en un café a redactar una carta para contarle la historia a su amigo Vladímir. Quizás le inspire una buena novela, le dice.

La correspondencia desde el gueto es cada vez más complicada, los soldados abren las cartas para descubrir posibles intrigas o intentos de escape. La última carta enviada por Ana a Shapiro, en la que le informaba que no había podido salir, causó que apresaran a Yankl y lo interrogaran durante varios días. El preso afirmaba a sus captores que su hija iba a ser dentista en América, pero que no habían logrado reunir el dinero necesario para su salida. Al final lo soltaron porque intervino Sokolov y un buen soborno.

Para ese momento, se perdió la esperanza y la tristeza de Ana se reflejaba en sus hermanos y también en los vecinos del gueto. Saber que alguien podía escapar contagiaba del anhelo de libertad. Ella era el orgullo de su familia y también de los judíos de Baranovich que habían sucumbido a bajar la cabeza y conformarse. La lucha que empezó cuando apenas tenía seis años se había vuelto la ilusión del gueto. Si alguien se salva, algo de cada uno permanecería, al menos en la memoria.

Habían pasado dos meses desde que Ana buscó a Shapiro, cuando Sokolov tocó la puerta con un entusiasmo desconcertante. Minke le abrió y el hombre, sin poder contener la alegría, la levantó en brazos y le dio una vuelta. Yankl entró y vio a su mujer girando en el aire y a su amigo llorando. El Jefe, siempre fuerte y circunspecto, soltó a Minke y mientras el comedor se llenaba de miradas sorprendidas, extendió a Ana un sobre abierto. Nadie respiró. Las miradas de sus padres y sus hermanos eran tan intensas que sus manos apenas podían sacar los dos papeles que se encontraban adentro. Uno, una carta de Shapiro, el otro, un documento escrito en inglés con un hermoso sello en el que aparecía al centro una mujer sentada en un trono, rodeada por tres angelitos desnudos y varias frases en hebreo, latín y griego.

Mi abuela y yo estamos tomando té muy caliente y chupando cubitos de azúcar. Es Pésaj, la fiesta en la que los judíos no comemos nada que contenga harina ni levadura. Yo saco de mi bolsa unas galletas y cuando Ana me mira desconcertada, le confieso que he dejado de creer en Dios. Ella se levanta, camina con esos pasos cortitos y veloces tan suyos, abre una puerta y saca una caja rectangular de metal medio oxidado; adentro hay una carta enrollada. La pone sobre la mesa. ¿Podrías decirme qué dicen estas palabras?, me pregunta, señalando el sello azul, desteñido, pero aún legible de lo que parece ser un documento oficial de la Universidad de Columbia. Junto a la boca de la mujer que se encuentra dibujada al centro del sello están inscritas unas letras en hebreo, idioma que no hablo ni sé leer. Mi abuela sí lo habla, pero permanece callada. No sé, *babi*, tú dime. Ella lee siguiendo con el dedo cada letra; לְאִירוּא, significa Uriel, el arcángel. *Dios es mi luz.* Ana agacha la cabeza y dice muy quedito: Yo también dudé de Él. Pero esta carta me protegió y me permitió salvar a casi toda mi familia. Hoy tantos y tantos estamos vivos gracias a ella.

Y lloró.

Y lloré yo porque comprendí que apenas comenzaba a entender esta historia.

1930. Baranovich-París

Debe estar en la estación de Baranovich a las 10:00 de la mañana. Ana no ha logrado dormir, cierra los ojos y los abre; enfrente está su maleta de piel café. Empacó tres cambios de ropa, que es toda la que tiene, y un camisón de algodón. Lleva también el pañuelo bordado por su mamá que, en su momento, será usado para mostrar a su marido, quizá a su suegra, la prueba de su virginidad. Y cuatro libros. Junto a la maleta descansa una bolsa con un salchichón, un pan, mantequilla y seis huevos duros. Para juntar estas provisiones ella y su familia llevan más de una semana comiendo caldo de papas cocidas. A través de la ventana la luna resalta la inminente partida. El cuarto que comparte con sus tres hermanas menores se presiente un poco más vacío. En la mesa de noche ya no está la fotografía de sus papás que ahora la acompañará en la bolsa de su abrigo.

Ana se levanta y, despacio, se viste. Leye abre los ojos, pero no alcanza a decir lo que sus lágrimas gritan. Ana se acerca y le acaricia la mejilla: No te preocupes, verás que voy a estar muy bien. Me quiero ir contigo, murmura la hermana. En cuanto pueda te llevaré a Nueva York, responde Ana, no muy convencida de que logrará cumplir su promesa.

En la puerta esperan Minke y Yankl para despedirla, pues las autoridades no les permitieron ir a la estación. Se requieren pases especiales para hacerlo y tardan demasiado tiempo. Sokolov ofreció llevarla en su coche y esperar hasta que el tren se aleje. Roze llega corriendo. Hace un año se casó y ya espera a su primer hijo. Aunque ya tenía quince años, a Ana, de dieciséis, le resultaba inconcebible que su hermana decidiera casarse. Pero ahora está feliz por ella, la ve tan contenta, sobándose la barriga con el orgullo de quien presume una hermosa joya. Cuídate, hermanita. Me hubiera gustado tanto ver nacer a mi primer sobrino... ¡me mandas una fotografía!

Ana abraza a su papá y después a su mamá, quien le entrega algo envuelto en un pañuelo. Tú eres la mayor, le susurra, cuidando de que no la escuche Roze. Ana comprende que le ha pasado el anillo de bodas que le correspondía a su hermana por haberse casado primero. La premonición de que jamás los volverá a ver recorre sus venas y le hace perder la fuerza que llevaba años acumulando. Sokolov entra y ve su palidez. Todavía te puedes arrepentir, le dice conmovido. Ella sabe que no tiene otra posibilidad más que subirse a ese tren a París y de ahí partir a América. Regresa a abrazar a Minke: Por ahora lo guardo, pero tú me lo vas a poner en mi dedo índice, como indica la ley, el día de mi boda. Te lo prometo.

El ferrocarril de la compañía francesa Brittany llega puntual. Ana busca su vagón, el número ocho, que es uno de los azules. Se detiene frente a la ventana del amarillo, de primera clase, se asoma y logra ver que hay cuartos con puertas de cristal. Entra una familia: la mujer con un hermoso vestido de seda rosa y un sombrero a juego, gira la cabeza para llamar a sus tres hijos pequeños. A través del cristal se cruzan sus miradas. Son pupilas de exilio que Ana aprendió a reconocer a partir de ese momento. No importa si viajas entre colchones mullidos y servicio en teteras de plata o si le das una mordida al salchichón que guardas en la bolsa, de todos modos, atrás de las vías se queda un futuro trunco y, adelante, el abismo de lo incierto.

Ana se sienta en una banca de madera junto a una mujer vieja y frente a dos hombres más jóvenes que ella. Se saludan con un movimiento de cabeza y callan sus historias, que a nadie pueden interesar. Apenas el tren empieza a moverse, los ojos de Ana se cierran en un sueño imposible de evitar; de inmediato, amarra a sus muñecas las asas de su bolso que contiene la comida y sus papeles; Sokolov advirtió que en los trenes roban a quien se descuida. Lleva el dinero oculto en el corpiño.

La despierta el chirrido de las ruedas. Se detienen en una estación. A través de la ventana ve familias despidiéndose. El llanto acompaña cada instante; a los que se van con el miedo de lo incierto, los que se quedan con el miedo de la certeza. Regresa a

Ana la premonición de que jamás volverá a ver a su familia. Le viene la imagen de la reja del gueto, las caras de sus hermanos, la mirada húmeda de su madre, Roze acariciando su barriga. Por un momento se arrepiente de haber luchado tanto por ir a un lugar en el que lo hay todo, menos lo único que ahora parece tener importancia. Quizás debió aceptar la propuesta de matrimonio que le hizo la casamentera cuando supieron que iban a pedir la mano de su hermana menor. No es bueno que se salten las edades, dijo la vieja, cuando eso sucede, a una de las dos le va mal. Minke volteó la cara y escupió tres veces para espantar los malos augurios. Llamó a su hija y le explicó que una familia estaba interesada en pedirla en matrimonio; Ana se rio y salió de la casa sin despedirse.

Cuando el tren está a punto de partir, suben varios soldados rusos exigiendo a gritos que los pasajeros muestren sus papeles. Ana saca los permisos y su pasaporte recién expedido. Uno de los soldados lo revisa, observando a la mujer que regresa la mirada con talante sereno. Procura que no se note el temblor incontrolable de sus piernas debajo de la falda, mientras evoca el pánico que sintió aquella vez en que ella y su hermana se escondieron entre las enaguas de su madre. El militar escudriña con desdén; ha aprendido a infligir terror y esto lo hace sentirse poderoso. Está a punto de decir algo, cuando escucha que en el siguiente vagón han apresado a un soldado que pretendía desertar. Se apresura para no perderse la acción y ser parte de los gritos, los golpes con las culatas de los rifles, la sangre en el suelo. Bajan al traidor, desmayado, y el tren sigue su marcha. La mirada de los que comparten asientos baja y se oculta. Cada uno tendrá que acomodar las escenas, cada uno platicarlas a su modo, cada uno justificar por qué no hizo nada para ayudar y por qué sintió alivio cuando se fueron cargando al que probablemente ya era un cadáver o lo sería muy pronto.

No recuerdo mucho de ese viaje, me dice mi abuela cuando insisto, grabadora en mano, que me cuente más. Duró varios días, a veces nos deteníamos en alguna estación y salíamos a estirar las piernas. Me sigue platicando en imágenes, como si estuviera pasando diapositivas; puedo ver el salchichón que duró todo el trayecto y a los cuatro pasajeros que compartieron asientos y, al final, compartieron también sus historias a pedacitos, entre murmullos, tratando de evitar gestos de dolor, primero, y soltando todo el sufrimiento después de algunos días. Terminaron por sentirse lo más cercano a una familia. La vieja sentada a su lado se llamaba Matle, era viuda, sus cuatro hijos se habían ido a Francia, ella permaneció cuidando a su marido, demasiado enfermo para viajar. Ahora, después de seis años de ausencia y gracias a que Dios se apiadó del hombre y lo llevó a su reino, iba a alcanzarlos. Los jóvenes en el asiento de enfrente eran hermanos. Itzac y Mordejai se quedaron huérfanos cuando, en la Gran Guerra, una bomba explotó en su casa. Una tarde, al volver de la escuela encontraron que la fachada había desaparecido. Los cuerpos de sus padres yacían tirados, irreconocibles. Los niños no sabían qué hacer hasta que apareció Natia, la jovencita gentil que trabajaba en su casa. Seguían los bombardeos, Natia los sacudió de su pasmo, comenzó a juntar cosas de valor y a ponerlas en una sábana medio quemada. Ellos la siguieron. En un ropero encontraron algunas joyas y un poco de dinero. Los tres se fueron al campo, a la casa de la familia de la sirvienta. Vivían en una choza con un solo cuarto, pero los recibieron sin objeciones. Ahora, cuatro años después, un hermano de su padre los invitó a vivir con él y su familia en Francia. Antes de partir, Itzac, el hermano mayor y Natia contrajeron matrimonio. Mandaría por ella en cuanto estuvieran instalados.

Ana también les platica un poco de su historia. Al hacerlo, acomoda los momentos y reafirma que este trayecto había sido su destino desde que nació.

Al llegar a París se despide con un abrazo y la promesa de escribir.

Lo único que permaneció fueron los recuerdos y la esperanza de que cada uno hubiese encontrado en su propio exilio la posibilidad de renacer.

En la *Gare du Nord* Ana bajó su maleta y se quedó parada buscando alguna señal de Shapiro. Unos minutos después lo vio. Corría hacia ella, con el sombrero en la mano y el saco volando. Parece un cuervo en pleno revoloteo, pensó Ana. Shapiro se detuvo frente a la mujer que se había desdibujado un poco de su memoria, pero ella no pudo contener la alegría y se lanzó a sus brazos, agradeciendo una y otra vez la oportunidad.

El profesor se disculpó por la tardanza y explicó que una manifestación había detenido los carruajes y había tenido que correr hasta ahí. Tomó la maleta y comenzó a caminar, Ana lo siguió. Subieron a un carro. Quería preguntar tantas cosas, pero el asombro de esas calles la tenían pasmada. La ciudad parecía un carnaval, la gente elegantísima, los aparadores de enormes tiendas con maniquíes de mujeres que mostraban los vestidos más hermosos que jamás hubiera visto. Shapiro se dio cuenta de la fascinación de su protegida y sonrió, le gustaba hacerla feliz. París estaba en ebullición. Pasada la Gran Guerra llegaron *les années folles*, cuando la ciudad se restauró como la capital del arte, la música, la literatura y el cine. Costearse la vida era relativamente barato y se comenzaron a establecer artistas jóvenes como Pablo Picasso, Salvador Dalí, James Joyce, Joséphine Baker y todo el grupo de existencialistas que estaban revolucionando el pensamiento del mundo desde un café en Saint Germain, bebiendo Absinthe y cocteles de durazno.

En la casa los esperaba la señora Shapiro con la mesa repleta de platones colmados de comida, más de la que Ana había visto en años. El olor de las coles rellenas la llevaron al recuerdo de una fiesta, probablemente Rosh Hashaná, con la familia reunida, su padre leyendo los rezos de un viejo libro empastado en plata y levantadas las copas del vino hecho por Minke. Cerró fuerte los ojos para no llorar y sintió la mano de Shapiro en su hombro. Esos días volverán, aunque parezca que el mundo se termina; verás que sobreviviremos. Ana devoró todo lo que le pusieron en el plato y cuando le ofrecieron un poco más, aceptó feliz; llevaba dos años tratando de velar el hambre, de subsistir con lo que hubiera.

1931. París-México

Una vez en París, lo más importante era conseguir visa para México. Shapiro ya había indagado con sus conocidos y coincidían en que llegar a Nueva York era imposible. Después de la Gran Depresión de 1929, el enojo de los americanos era lapidario. Culpaban al presidente Hoover en primer lugar y, después, como suele suceder, decidieron que los de tez morena quitaban oportunidades de trabajo a los americanos blancos. Ana tenía la piel blanquísima, los ojos tan azules que cuando lloraba parecían disolverse. Podría haber pasado por una Betty cualquiera, pero era extranjera y era judía. Inaceptable. Shapiro le explicó que una nueva ley exigía que los europeos que quisieran vivir en Estados Unidos deberían pasar dos años en México y después demostrar que tenían quien los recibiera en la «América de verdad».

Fue así como mi abuela compró un boleto en el *SS Mexique*. Aunque solo le quedaron en el corpiño ochenta dólares, no quiso aceptar el ofrecimiento de su mentor de regalarle el pasaje, sabía que ahora tendría que valerse sola, establecerse en un nuevo país y subsistir hasta que pudiera ir a Nueva York.

Shapiro la condujo a la estación del tren que la llevaría al puerto de Saint-Nazaire. No podía acompañarla el resto del camino, ya que en Francia empezaba el antisemitismo abierto y cualquier excusa para despedir a un judío y que su lugar lo tomara alguien de raza pura era bienvenida. Shapiro se había salvado porque sus alumnos lo adoraban, pero no podía arriesgarse a faltar a su catedra en la Sorbonne. Así que ayudó a Ana a bajar del carruaje, le dio un fuerte abrazo prometiendo, seguro de que jamás cumpliría su promesa, que pronto la visitaría en su nuevo hogar. Le entregó la maleta de piel café en la que mi abuela llevaba sus pertenencias. Esa maleta estuvo siempre guardada en un ropero de casa de mis viejos. Alguna vez, cuando Ana presintió que me estaban importando demasiado los vestidos nuevos o tener otro par de zapatos, la sacó, la abrió y me dijo: A veces la vida entera tiene que caber aquí, recuérdalo. Por eso es mejor llenar la mente de conocimientos, el corazón de amores, la mirada de paisajes y la vida de experiencias. Eso siempre nos acompaña sin importar a dónde tengamos que ir.

El 22 de junio de 1931, una jovencita, aún menor de edad, caminó lento por una rampa de madera mojada, gastada por miles de botas, zapatos y sueños que fueron lijando la superficie. Ana se detuvo unos instantes, giró la cabeza en ese reflejo automático que hacemos en las despedidas, buscando a quienes, con un pañuelo blanco o el adiós con la mano, bendicen nuestro viaje.

Quiso encontrar algún atisbo húmedo, alguna sonrisa un poco torcida por el dolor de la ausencia. Sin embargo, en el malecón, los pañuelos y las lágrimas eran para otros. Estaba completamente sola caminando hacia América, un continente de nombre gigante; al mismo tiempo seductor y aterrador.

Dos enormes chimeneas negras recibieron la mirada de la niña que pretendía ser mujer, pero a quien las piernas flacuchas traicionaban con una temblorina necia. El SS Mexique era un buque de 171 metros de largo, 83 de ancho y 12 mil toneladas de hierro que prometía a los turistas hacer el viaje de México a Europa en tan solo once días partiendo del puerto de Veracruz, con escala en La Habana y paradas en Vigo, La Coruña, Gijón, Santander y Saint-Nazaire. Se habían hecho famosos estos viajes para los ricos viajeros que añoraban conocer Europa. Para el regreso la carga era muy distinta; desde hacía varios años los pasajeros eran prófugos. Prófugos del sistema, de las persecuciones, de la pobreza, de sus ilusiones demasiado grandes para terminar ahogadas en gas. Eran pasajeros menos refinados, pero mucho más agradecidos.

Un año antes, el barco había sido remodelado. Ya que la Gran Guerra había terminado y el mundo entraría en una paz permanente, la Compagnie Générale Transatlantique decidió invertir para transformarlo de un viejo barco de vapor a uno de gasolina. Acondicionaron espacios de recreación elegantes y modernos, grandes comedores, bares, gimnasio, un teatro y salones de juegos. Las fotografías promocionales mostraban una sala de escritura y lectura y el salón para fumadores. Lejos estaban de saber que pocos años después, el 19 de junio de 1940, una bomba alemana lo hundiría.

Pero aquella mañana nublada de 1931, para Ana la visión del Mexique se grabó en los recuerdos que conservamos hasta los últimos días de vida. Era tan grande y tan elegante, me contaba. Claro que lo elegante solo lo supimos por algunos que se habían colado a primera clase a husmear. Los de tercera viajábamos en cabinas sin ventanas, entre cajas y una que otra rata, probablemente menos hambrienta que nosotros. Y dando una enorme mordida a su garibaldi se reía a carcajadas.

Por alguna razón el trayecto de Ana no duró once días, sino más de veinte, o al menos eso recordaba. El tiempo es elástico ante las memorias dolorosas. Viajaba con otras personas, todas escapaban de algo que aún no se materializaba, pero ya comenzaba a apestar.

Mi abuela llegó a Veracruz. Ahí esperaban algunos miembros de la comunidad judía que habían llegado años antes y entendían la zozobra de verse rodeados de polvo en un sitio imposible de pronunciar. Ana logró franquear los trámites de migración con relativa facilidad. Supo después que dos de sus compañeras de camarote no consiguieron entrar porque tenían, al parecer, una enfermedad respiratoria.

Los miembros de la comunidad localizaron sin problema a todos los judíos que habían navegado en Le Mexique, en ruso les explicaron quiénes eran y ofrecieron ayudarlos a llegar a la capital. Treinta migrantes asustados y confundidos se subieron a un tren. Ahí les describieron los hermosos edificios de la capital, tan impresionantes como los de Europa. Les explicaron también que, en las calles más pequeñas, en el centro de la ciudad, en cuartos construidos en las azoteas de viejos edificios, los estarían esperando otros miembros de la comunidad dispuestos a acogerlos y a enseñarles lo más importante para sobrevivir: *Meksika - khorosheye mesto dlya zhizni*. Y sí, a fin de cuentas, resultó que México era un buen lugar para vivir. Ana no tardó en darse cuenta.

Me imagino el momento, puedo sentir la angustia que debió haber vivido una vez que se supo en el país que a partir de ese momento tendría que llamar «hogar». Ana pretendía llegar a Nueva York, quería estudiar odontología en la Universidad de Columbia, pero antes de hacerlo debía establecerse y, de inmediato, conseguir un trabajo. Para su familia, los ochenta dólares que llevaba podrían significar la diferencia entre sobrevivir o perecer, así que estaba decidida a devolverlos lo antes posible.

Se instaló en un cuarto que le rentaron en la calle de Justo Sierra, muy cerca del mercado de La Merced, que de inmediato enamoró a Ana. El amor por las chácharas, las antigüedades y sobre todo las gangas comenzó ahí y, en mi familia, se ha transmitido de generación en generación. Hoy mis hijos van a la Lagunilla y creen estar descubriendo una pasión que mucho antes de nacer ya llevaban en la sangre. También corre por mis venas ese delicioso asombro que sintió mi abuela la primera vez que vio un puesto de frutas con decenas de colores y sabores insospechados. Me contó que un día le ofrecieron una fruta aguada y negra, y que ella le gritó en yiddish a la marchanta, pensando que se estaba burlando: Tardé años en probar el zapote, y me encantó. Nunca pude disculparme con la pobre mujer que me miraba sin entender por qué me había enojado tanto.

De inmediato se estableció en su cuarto de la vecindad y salió a pedir trabajo. Le dijeron que el señor Krumholtz necesitaba costureras para su próspera fábrica de ropa de mujer. En su primer encuentro, el dueño le preguntó a la nerviosa jovencita si tenía alguna experiencia como costurera y ella respondió que no, pero que estaba dispuesta a aprender. Krumholtz sabía que muchas veces el hambre es más importante que el conocimiento para salir adelante y ella estaba ávida por demostrar que podía hacer cualquier cosa. Así que la contrató.

Todos los días a las dos en punto sonaba una campana que indicaba que las costureras tenían media hora para comer. Había un patio con una banca de cemento y ahí se sentaban, abrían su portaviandas y sacaban la comida del día. Ana se acomodaba en el suelo al otro lado de la banca y leía. Se fue haciendo más frecuente que se acercara el jefe y en un perfecto ruso platicaran de los grandes escritores como Pushkin, Gógol o Chéjov. Después ella le contaba acerca de los existencialistas, a quienes había escuchado hablar en París, y hasta le recitó el poema de Walt Whitman en un excelente inglés. Krumholtz supo que la mujer no duraría de costurera, aunque la veía sudar con las ganas de lograrlo.

Tres meses después toqué la puerta de la oficina de mi jefe, me cuenta mi abuela divertida. Tenemos un problema, le dije. Él me miró muy serio, me indicó que me sentara frente a su escritorio, se quitó los lentes y me preguntó cuál era el asunto. Pues que soy muy mala costurera, le informé. Me doy cuenta de que mis compañeras hacen el doble del trabajo en la mitad del tiempo y usted me paga lo mismo. Sí necesito el dinero y por eso no puedo renunciar, pero le propongo que me pague la mitad. El señor Krumholtz se rio, se relajó y le respondió que le seguiría pagando lo mismo en lo que encontraba un trabajo más apropiado a sus habilidades.

A la hora de la salida, su amiga Lily, que había escuchado la conversación, la regañó, era una mujer con ideas progresistas y feminista cuando el término era poco conocido, su sueño era irse a vivir a un *kibutz* en Palestina y ahorraba cada centavo para lograrlo. El dueño de la fábrica es un capitalista que se hace millonario explotando nuestro trabajo, le dijo casi en secreto, porque no quería que la despidieran. ¡Que te pague!, pero Ana no estaba tranquila. El hombre siempre había sido muy amable con ella y no quería abusar.

Trabajó ocho meses en la fábrica de ropa, cada viernes se paraba frente a la ventanilla en la que las manos regordetas de una mujer le entregaban un sobre con su salario. Cada día, durante 240 días contó el dinero acomodado con cuidado dentro de la caja en la que guardaba el anillo de bodas, el pañuelo de su virginidad, la foto de sus padres y la carta de aceptación de la Universidad de Columbia.

La caja es rectangular, mide quizá cuarenta centímetros de largo. La orilla de pintura descarapelada deja ver el metal corriente del que está hecha. Sobre la tapa aparece pintada una pequeña casa con techo rojo y ventanas azules y, al fondo, unos árboles. En la base luce una flor amarilla. Todo podría haber sido coloreado por un niño. Mi abuela la abre con sus dedos chuecos por la artritis, me muestra cada tesoro que aún conserva y, pretendiendo sacar billetes invisibles, me repite la historia de los 120 dólares que logró ahorrar y enviar a su familia.

Ana guardaba todo el dinero que le daba la mano rechoncha de la ventana. Después sacaba un billete, el de menor denominación, lo ponía en su bolsa y se iba a la Merced a buscar qué comer. Pan, alguna fruta de temporada. Le fascinaban las mandarinas y las tunas. Algo de queso, unos huevos. Siempre pasitas. Hasta el último día de su vida se comió un puñado de pasitas, a veces y ya en tiempos de bonanza, acompañadas de almendras, *rozhinkes mit mandlen*, con el máximo deleite. Una o dos veces al mes compraba higaditos y las patas de dedos chuecos y uñas largas de los pollos flacos que no se habían vendido en dos o tres días. Mi mamá, mi hermano y yo comemos esas patas ante la cara retorcida de asco de quienes nos observan. A mí me saben a la risa de mi babi platicándome la historia de sus días como costurera y por eso me fascinan.

Unas semanas después, al entrar a la fábrica, Krumholtz la presentó con la señora Gertzel, quien le ofreció ser la bibliotecaria del primer centro comunitario judío de México, en el número 15 de la calle de Tacuba. Habían logrado reunir un buen acervo de libros y requerían de alguien que los catalogara. Por ser Ana una de las únicas mujeres que sabían leer y escribir, la contrataron de inmediato. Para ella, ese fue de los momentos más felices de su vida; rodeada de libros y, además, recibiendo un sueldo.

Contaba los días, que cada vez eran menos, para que se cumplieran los dos años requeridos para entrar a Estados Unidos. Los tíos que habían prometido recibirla en Nueva York se enteraron de la nueva ley que impedía a los migrantes entrar a Estados Unidos de forma directa, y pensaron que eso haría que ella perdiera su lugar en Columbia. Ana también lo pensó. Nunca la esperarían tanto tiempo. Sin embargo, a los pocos meses de haber llegado, recibió una carta de Shapiro en la que le contaba que había escrito un mensaje a la oficina de admisiones explicando la situación y en la universidad le habían respondido que guardarían el lugar de la chica rusa, cuya historia ya se repetía de boca en boca en los

112

pasillos de la institución. Ana les escribió a los tíos para contarles la buena noticia. La respuesta de los parientes americanos, su única posibilidad para cruzar la frontera, tardó meses en llegar. Cuando la abrió, sintió el escalofrío de las premoniciones que se saben irrefutables: *Ya veremos llegado el momento*, decía un papel, *las cosas en Estados Unidos están muy difíciles*, y la firma del tío.

La joven lloró hasta quedarse dormida. En sus sueños la devoraban las aguas de un mar furioso que golpeaba la Estatua de la Libertad y la derrumbaba. Ella, sin poder respirar, se dejaba engullir. Despertó tan triste que por primera vez en su vida faltó a una obligación y se quedó en camisón metida en la cama. Ya entrada la noche escuchó el golpeteo en la puerta y no comprendió dónde estaba ni qué hora era. Entonces escuchó la voz de su amiga que le ordenaba abrir la puerta. Cada tarde se encontraban a la salida de sus trabajos para regresar juntas y Lily se preocupó al no verla. Entre sollozos, Ana le explicó que sus tíos no la iban a recibir. La respuesta del tío, escueta y tajante resultaba clarísima. Era mejor ir colapsando las ilusiones que llevaban siendo su motor durante tantos años. Lily la abrazó y sin decir nada, porque no había nada que decir, le acarició el pelo hasta que las dos se quedaron dormidas.

Ana despertó más tranquila. Por ahora tenía un buen trabajo y estaba ahorrando para ayudar a su familia. Además, esa tarde se celebraría un baile en el centro comunitario en el que ella trabajaba y le habían pedido que repartiera bocadillos. El primer baile de su vida. Le vinieron a la mente las veces en las que ella y su hermana Leye se escapaban a los barrios ricos de Baranovich y se asomaban por las ventanas para ver las suntuosas fiestas y los vestidos que daban interminables vueltas al ritmo de un vals de Strauss. Sabía que este baile no sería así de lujoso, pero sería su primero y hasta se había comprado una tela en el mercado, que una de sus amigas costureras había convertido en un lindo vestido azul.

Tenía la mañana libre porque la biblioteca permanecería cerrada para arreglar el salón, así que las amigas decidieron ir a pasear a Chapultepec, ese lugar lejano, tan lleno de árboles que le recordaba los bosques de su tierra, y con un lago en el que las personas paseaban en lanchas de remo. Ana y Lily caminaron, compraron un dulce con un nombre imposible, relleno de crema blanca y azucarada, se sentaron a ver las lanchas y, con voz chillona y emocionada, Lily propuso que rentaran una. Ana se negó, no tenía dinero para desperdiciar, ya suficiente habían sido los cinco centavos del gaznate y la tela del vestido que a ratos la hacía sentir más culpable que feliz. La amiga insistió, corrió a la caseta y pagó. Al poco tiempo estaban remando, encantadas de recorrer el lago. De pronto se toparon con otra lancha en la que iban cuatro hombres, uno de ellos el primo de Lily. Divertidos, comenzaron a echarles agua a las señoritas que gritaban y remaban tratando de alejarse. Sin saber cómo, con algún movimiento brusco, la lancha se volteó, y las dos mujeres cayeron al agua. Lily nadó hasta la orilla, pero Ana no sabía nadar y daba brazadas sin sentido. Entonces, uno de los jóvenes se lanzó al agua, la tomó de la cintura y la llevó a tierra firme. Mientras el joven se disculpaba, Ana lloraba angustiada y furiosa: ¡No quiero ver a esos *hudlums* nunca más!, gritaba, mientras exprimía su ropa. Son unos vándalos. Pero él te salvó, replicaba Lily, sin que su amiga la escuchara, ensordecida por la cólera.

Esa noche, ya secas y arregladas, llegaron a la fiesta. Ana repartía bocadillos a quienes bailaban o platicaban bebiendo agua de limón y de una cosa rara pero deliciosa llamada horchata.

Una mano se acerca, toma un bocadillo: ¿Qué puedo hacer para que me perdones?, dice mientras sus ojos verdes se clavan en las pupilas azules de la mujer que, de pronto, pierde el enojo y no sabe qué hacer.

Al día siguiente, Moishe pasa por ella y la lleva a comer al Café Tacuba. Ana jamás había visto un lugar tan hermoso. El joven, que ya llevaba diez años en México y se consideraba un experto, le explica uno a uno los increíbles platillos típicos que ella no conocía, ya que generalmente comía en su cuarto o en su trabajo. Devoran panuchos, enchiladas y de postre, chongos zamoranos. Mi abuela me cuenta que después del primer bocado de una crepa con cajeta, supo que estaría junto a mi zeide el resto de sus días.

El *hudlum* me enamoró, cuenta mi abuela, riéndose, mientras mi abuelo refunfuña en la cabecera de la mesa, porque además de guapo era un hombre honrado y muy inteligente. Lo presentí de inmediato y lo confirmé cuando en los paseos por la Alameda o comiendo una tostada en el Sanborns de los Azulejos, me fue platicando su historia.

Tercera parte

1933. México

Moishe aceptó ir a Chapultepec para tratar de distraer su cabeza, que lo azotaba con terribles imágenes de hambruna y muerte en Kiev. Cada vez que llegaba una carta y Meyer o Salomón, los únicos que sabían escribir, le narraban que todos seguían vivos y juntos, respiraba. Solo un momento, después le entraba la premura de hacer algo para traerlos a México o a Nueva York o a donde fuera, lejos de Rusia.

Él y otros tres amigos se subieron a la lancha, a lo lejos vieron a la prima de Yakov con otra mujer, remando tranquilas y muy sonrientes. Uno de los compañeros, no recuerda cuál, empezó a echar agua con el remo para mojar a las mujeres, que intentaban escapar sin conseguirlo. Hubo gritos y carcajadas, pero la amiga hizo un movimiento brusco que desestabilizó la lancha y las dos cayeron al agua. Lily nadó y pronto llegó a la orilla. Cuando Moishe buscó a la otra, se dio cuenta de que estaba dando brazadas enloquecidas. Sin pensarlo, se tiró al lago y, tomándola de la cintura, la llevó hasta el borde.

Se llamaba Ana y tenía los ojos más azules que jamás hubiera visto. Enardecidos por la furia eran aún más radiantes. A Moishe le dieron ganas de besarla mientras ella le gritaba que era un *hudlum* y no quería volverlo a ver.

Esa noche mi abuelo aceptó ir a su primer baile en la comunidad judía de México. Hasta entonces se había mantenido alejado de los eventos sociales, cada día más frecuentes. Los jóvenes que llegaban a México necesitaban encontrar pareja, hubo tiempos en los que era fácil mandar una carta a los parientes que permanecían en Europa para pedirles que buscaran a una mujer adecuada para convertirla en su esposa. El trato se sellaba en un ir y venir de cartas, la dote conveniente y, a veces, una fotografía de la elegida. En unos cuantos meses llegaba el barco, la novia casi siempre acompañada de alguna tía solterona y un baúl con el ajuar. Al día siguiente, en una ceremonia íntima, frente al rabino, se daban un beso y con ello sellaban los próximos cincuenta años de vida conyugal. Pero las cosas ahora eran más complicadas, con la amenaza de una nueva guerra las fronteras y los guetos cada día más cerrados, mandar a traer esposas resultaba casi imposible. Por eso una vez al mes se organizaba un baile o alguna reunión de jóvenes.

Cuando Moishe entró, lo primero que vio fue a Ana ofreciendo bocadillos. Si ya le había parecido preciosa mojada y enfurecida, ahora no podía dejar de mirarla. Ella lo ignoraba con tanto esfuerzo que él supo de inmediato que estaba interesada.

Al día siguiente la invitó al Café Tacuba. A partir de ese día se vieron casi diario. Caminaron de la mano por la Alameda, entraron al edificio de correos, llamado el Palacio Postal, admirados por la asombrosa escalera dorada y fueron a comer un helado en la nevería Mi Juanita. Ya lo habían conquistado sus ojos, lo había provocado su carácter fuerte y decidido, pero cuando realmente comprendió que ella sería su mujer fue cuando la vio devorar con las manos una tostada enorme en el Sanborns de los Azulejos.

Compartían la historia de un viaje en barco que en vez de llegar a Nueva York los aventó a las calles del centro de México. Con cada encuentro se fueron uniendo sus destinos en uno que llamaron «nosotros». Nunca más volvieron a subirse a una lancha de Chapultepec, pero el incidente se había convertido en una forma de reír acompañados.

Algunas semanas luego del primer encuentro Moishe llevó a Ana a conocer a sus padres. A Jasia, su mamá, se le iluminó la sonrisa cuando vio a la primera novia que su hijo les presentaba, y de inmediato supo que sería su nuera.

Siete meses después Moishe le pidió matrimonio. A ella directamente, porque no había un padre de familia a quien solicitar su mano.

La llevó a Xochimilco, contrató un trío que los siguiera en otra lancha y cuando llegaron al punto en el que a lo lejos se empezaba a ver una hermosa puesta de sol, sacó una caja. Se hincó, como alguna vez le había explicado su papá que debía hacerlo, abrió el estuche y le dijo que quería estar con ella el resto de la vida. Mientras los músicos tocaban «La Güerita», Ana se quedó petrificada.

Esa noche no puede dormir. Evoca los brindis con tequila, a los trajineros, los músicos y a su futuro esposo riendo y celebrando. Supone que, en algún momento, debe de haber respondido: Sí, sí me quiero casar contigo. Imagina que por eso brindan, pero no lo recuerda. Solo siente que el brillante, aunque minúsculo, pesa y doblega el dedo en el que lo puso su novio.

Ahora, en su cama, observa con la luz que se cuela por la ventana esa piedra que la convertirá en la esposa de Moishe. Será por siempre la esposa de Moishe. Y el sueño de convertirse en la dentista Ana Wolloch morirá eclipsado por una vida tan ordinaria como la de todas, todas antes y ahora, y seguramente para siempre.

Llora. Sabe que no puede negarse. Están en mitad de una guerra, no es momento de viajar a Nueva York, no es momento de tener más ilusiones que las de sobrevivir. Y sí, está enamorada del hombre de ojos verdes y pómulos prominentes que se ríe fácil y le da el brazo para cruzar la calle. Sin embargo, llora.

Recorre, como dicen que sucede antes de morir, su vida desde que tiene memoria. El día en que su papá la llevó por primera vez al *Gymnasium*. Aquel día cuando su mamá la dejó en la casa de la señorita Jolanta, en Vilna. Recuerda y todavía le dan arcadas, su salida del gueto de Baranovich para ir a Francia con el profesor Shapiro. Y se da cuenta de que todos sus momentos significativos giran alrededor de los estudios. Quería, más que nada, ir a la Universidad de Columbia y hoy dijo sí y será esposa. Para siempre.

Cuando Lily llega por ella, como cada mañana, para caminar juntas a sus trabajos, la encuentra con fiebre. Se acerca a la cama y le pregunta qué siente, si es dolor de cabeza o de estómago. Como respuesta, Ana saca la mano de la sábana y le enseña el anillo. Lily grita de emoción, la abraza. Alertadas por el alarido, llegan las otras señoritas que viven en la casa de huéspedes. Les explica que su amiga está comprometida y todas chillan al mismo tiempo. Ana se tapa completa con las cobijas, rehusándose a salir.

Jasia, la futura suegra, había preparado un compromiso lo más cercano posible a las costumbres milenarias que llevaban respetándose de generación en generación. Pero la novia tenía fiebre y cualquier alimento que tratara de ingerir terminaba en la bacinilla. Lily le avisó a Moishe lo que ocurría. Subiendo los escalones de tres en tres, el novio llegó al cuarto de su prometida y la encontró pálida y temblorosa.

Claro que sí me quiero casar contigo, le dijo. Pero te pido que no hagamos fiesta de compromiso. Sacó de la mesita de noche un pañuelo en el que estaba envuelto un anillo. Me lo dio mi mamá antes de salir, dijo casi al aire, recordando el momento en el que Minke lo puso en su mano, cuando se saltó la tradición, casi obligación, de pasar el anillo de bodas de una madre a la primera hija en contraer matrimonio.

Ana entendió en ese instante, mirando su futuro en la cara de Moishe, que el viaje a América tenía un significado mucho más profundo que ser dentista o estudiar en una gran universidad. Escapar, salir para poder existir. Escapar para que no se cumpliera el deseo de aquellos que querían acabar con las tradiciones que habían permitido al pueblo judío continuar a través de los siglos. A pesar de todo. Ella partió y la existencia de sus descendientes estaba ahora en sus manos.

Miró a su futuro marido: Con este anillo sellaremos nuestro matrimonio, tú y yo solos. Después cumpliremos con todas las ceremonias que tu madre quiera, pero nuestro compromiso debe ser tan solo entre nosotros, ahora, le dijo contundente. Moishe tomó la argolla de plata con un dije en forma de casa que se abría para mostrar una mesa con cuatro sillas. Lo besó y lo colocó en el dedo índice de su novia. Tendremos un hogar lleno de hijos, de bendiciones y de amor. Me voy a dedicar a hacerte feliz, le prometió, dándole por primera vez un beso en los labios.

Fue así como forjaron un pacto en el que ellos dos siempre serían cómplices.

Ana fue con Lily a visitar a la costurera que en la fábrica del señor Krumholtz hacía los mejores trabajos. Lupita era una mujer de edad madura que nunca se casó y dedicaba sus días a cocer y a leer. A Ana le encantaba platicar con ella. Me voy a casar, le dijo, con un dejo de vergüenza en la voz. A Lupita le había contado sus planes para ir a Nueva York, e incluso se había burlado de las mujeres de la comunidad judía que antes de cumplir dieciséis ya estaban desesperadas por encontrar marido. Yo voy a ser alguien antes de casarme, aseguraba. Y hoy no era nadie, y en tres semanas se convertiría en esposa. Lupita la abrazó muy fuerte: Me da tanta alegría, niña, le dijo con ojos llorosos. Créeme que quedarse sola no es divertido, a veces en las noches me pregunto qué estaría haciendo si hubiera tenido un esposo y muchos hijos, pero ni pa' qué quejarse.

Tres semanas después llega el gran día. Frente al espejo, el vestido entallado resalta su cintura, los senos generosos y la sonrisa. Da una vuelta, Lily y Lupita aplauden. La costurera se acerca y le coloca el velo con una corona de pequeñas flores que quedan en su frente. Su pelo rubio recogido en un chongo enmarca la cara y los ojos. Se ve hermosa, como lo soñó, pero tiene una loza de concreto apretando su pecho, porque al soñarse novia siempre caminaba al altar del brazo de su padre, siempre con el último retoque del maquillaje dado por su madre, siempre acompañada por sus hermanas. Hoy se siente más sola que nunca, aunque su futura suegra ha tratado de ser muy cariñosa y Moishe le ha cumplido cada capricho.

Ana inhala profundo, se seca una lágrima y se asoma al pasillo del espléndido edificio de la calle Tacuba, donde se celebran las bodas de la comunidad.

La novia camina lento. A su lado derecho están paradas sus cuatro mejores amigas. Llevan un vestido rosa pálido y cargan un buqué de flores que se ilumina con sus sonrisas. Del lado izquierdo están los mejores amigos de Moishe. Al fondo, la *jupá* adornada con flores blancas donde el novio la espera. Jasia y Salomón, parados junto a él, lo toman de cada brazo. Ana camina sola porque no quiso que nadie tomara el lugar de su papá, pero ahora se arrepiente de la decisión; las piernas le tiemblan tanto que no sabe si logrará recorrer todo el pasillo. Cierra los ojos, respira, da otro paso. Llega por fin frente a su novio. Se detiene. Entonces Moishe suelta a sus padres, la ve con ternura, mete la mano en su frac y saca una fotografía de Minke y Yankl. Ellos nos están acompañando, le dice, y muy pronto, te prometo, los vamos a traer a México. Ana llora con el más absoluto agradecimiento, porque a partir de ese momento supo que Moishe estaría ahí para ella, para cumplir sus sueños, para hacer juntos un frente invencible.

Recuerdo cuando mi abuela me cuenta ese instante. Cómo imita a mi zeide al momento de sacar la fotografía y, con sus manos artríticas, pero siempre de uñas rojas, me muestra un invisible retrato.

Sesenta años después aún llora. Y esas lágrimas se han compartido de generación en generación.

1933. Baranovich-Berlín

Día a día corrían los rumores de que Rusia buscaba recuperar los territorios perdidos con Polonia y que una invasión parecía inminente. Los chismes empujaron a muchos habitantes de Baranovich a empacar baúles para irse a otro lugar. A Yankl el peligro le parecía lejano.

Los judíos de su comunidad estaban más preocupados por un tal Hitler. Su nombre se repetía como cuando se cuenta una historia demasiado terrorífica para ser verdadera.

Si Alemania empezó la guerra y la perdió, vociferaba el rabino Mendel, ahora merece estar sumida en la pobreza. Los gritos de ese desequilibrado no van a cambiar los tratados que con justicia despojaron a los países perdedores de muchos territorios. Si tienen que pagar altas compensaciones por su error, pues que lo hagan.

Cuando había que resolver una disputa, en la comunidad judía de Baranovich acudían al Rab Mendel, quien escuchaba los argumentos y siempre daba una solución correcta. Algunos decían que era la reencarnación del rey Salomón, por su sabiduría y conocimiento de la justicia. Aunque una de las partes resultara perdedora, si el rabino lo decretaba la propuesta se aceptaba sin cuestionar. Por eso los líderes de la comunidad decidieron enviarlo a Berlín, acompañado por otros cuatro asistentes. Querían comprobar si era cierto el rumor que serpenteaba por las calles del gueto, lo que clamaban los poderosos, los funcionarios y banqueros de las zonas privilegiadas de la ciudad, quienes cada día apretaban más la quijada al mencionar el nombre de Hitler.

El rabino Mendel y sus acompañantes llegan a Berlín el 30 de enero de 1933. Desde que bajan del tren se dan cuenta que hay un sentimiento de ebullición en las calles, cientos de jóvenes corren de un lado al otro y gritan consignas en alemán; resalta la frase «*Heil* Hitler» en todas ellas. A lo lejos, frente a la Puerta de Brandeburgo un hombre cuyo nombre aún desconocen, pero que muy pronto será pronunciado con terror, Joseph Goebbels, ha reunido a más de veinte mil integrantes de la SA, la organización paramilitar nazi en la llamada «fiesta de las antorchas», la celebración por el nombramiento del nuevo canciller *Herr* Hitler. Después de unos instantes de turbación, se acerca a ellos el rabino Daniel Geiger, quien los acompaña hasta la gran sinagoga de Rykestrasse.

Los hombres se detienen frente a la imponente fachada de ladrillos, con dos entradas enmarcadas por hermosos arcos. Jamás han visto una sinagoga tan suntuosa. Su asombro aumenta cuando uno de los ayudantes del rabino los hace pasar. Paredes blancas con remates dorados reflejan los últimos rayos del sol a través de los vitrales. Dos pisos, uno para los hombres y otro para las mujeres. Decenas de bancas de madera lustrosa y sólida. Enmarcado por un altar de azulejos en tonos azules, Rab Geiger se detiene. Detrás, una pared de mármol blanco protege el *Aarón Hakodesh*, el arca que guarda los siete *sefer torá*, escritos a mano por los mejores *sofrim* de Europa; solo aquellos que conocen y cumplen todas las leyes pueden trazar las letras sagradas. El rabino Mendel levanta la mirada iluminando sus pupilas con los candiles más grandiosos que jamás ha visto. El lujo, la opulencia, la belleza se presienten como una señal divina de que todo estará bien.

No tarda en abatirse el golpe que da la realidad cuando se impone soberbia e inminente. Frente a la sinagoga desfila un grupo de jóvenes de la SA, los llamados «camisas pardas». Muchachos de clase baja, resentidos sociales con sed de violencia, los contrata el partido Nazi, que les paga un sueldo, les pone un uniforme y les da permiso de matar con cualquier excusa, explica el anfitrión.

Los visitantes se alejan de la torva de botas y gritos. Algunos de los manifestantes escupen al suelo al ver la estrella de David en la fachada de la sinagoga. Los brazos se agitan con antorchas encendidas clamando la victoria del salvador de la patria. Un soldado se acerca a la entrada y exclama con una voz que sale del hueco de la aversión más añeja: ¡Que se quemen los judíos!, y con furia avienta su antorcha dentro del templo. Uno de los asistentes que acompaña a la comitiva corre a levantarla y apaga el fuego que alcanzó a prender la esquina de una alfombra. Entonces, decenas de soldados imitan al primero lanzando sus antorchas y gritando: ¡Muerte a los judíos! Ante el pasmo de los invitados, el fuego alcanza a quemar el brazo de quien intenta clausurar la entrada. Protegidos por las gruesas puertas del templo, oyen los golpes de otros misiles que chocan contra la madera, pero son cada vez menos. Por ahora los revoltosos se han olvidado de la sinagoga y corren a la plaza en la que les espera la celebración.

Se detienen, pero tan solo por ahora. La furia de las muchedumbres es imposible de parar. Los visitantes comprenden que las palabras del resentido enardecen a quienes supuran odio.

A su regreso convocan una reunión urgente. Platican del desfile de las antorchas, de las calles desbocadas de hombres, mujeres y niños gritando *Heil* Hitler. Soldados en uniformes verde olivo y una banda roja en el brazo con un símbolo que se repite en banderas y paredes pintadas, se llama esvástica y, al parecer, es salvaguarda para hacer cualquier horror sin que nadie se atreva a oponerse. Cuentan cómo, borrachos de poder y probablemente de aguardiente, golpeaban sin escrúpulos a inocentes en las calles. En Baranovich los judíos estaban acostumbrados al antisemitismo, un odio que existía desde hacía tantos siglos que ya ni siquiera necesitaba explicación. No se les permitía vivir en algunas colonias ni entrar a la mayoría de los clubes, restaurantes, cafés y tiendas. Pero, en general, si se mantenían invisibles, la vida fluía en paz. Mientras la historia de terror que contaban los rabinos se quedara en Alemania, ellos seguirían viviendo su vida, que es lo que llevaban haciendo desde hacía muchas generaciones. Sin embargo, el relato de lo que ocurría apenas a unos kilómetros les hizo entender que probablemente la existencia como la conocían ya no sería posible.

Ese mismo año Minke y Yankl reciben una fotografía. Ana, su adorada niña, aparece vestida de novia junto a un hombre. Sonríe y con la mirada parece decirles: Estoy bien. Sus padres ya sabían del mensaje del tío de Nueva York, de la zozobra de su hija al darse cuenta de que no lograría ir a la Universidad de Columbia. En las cartas que les enviaba una vez por semana, les fue contando que había conocido a un hombre formal y cariñoso, que ya eran novios, que le había dado un hermoso anillo de compromiso, que la había pedido en matrimonio. Suplicó a Yankl que mandara un mensaje lo antes posible dando su consentimiento para la boda y, aunque este llegó varios meses después del evento, para Moishe fue un bálsamo saber que su suegro lo aprobaba. Las costumbres son difíciles de extirpar.

En las siguientes cartas Ana les cuenta de la luna de miel y de su embarazo. Como siempre, al final, escribe: Muy pronto estaremos juntos. Sin embargo, ese momento se va alejando con cada noticia de la inminente guerra.

1939. Baranovich

En 1939 la armada rusa invadió la ciudad. Minke y Yankl vieron pasar a los soldados soviéticos marchando hacia la Casa de gobierno. Se enfrentaron con las miradas enajenadas de quienes no quieren ver, no quieren verse, obedecen órdenes y pueden destrozar sin piedad. Yankl recordó las palabras del Rab Mendel cuando contó lo ocurrido en Berlín y supo que, aunque eran soldados de otra patria, llevaban en el alma un idéntico resentimiento. El odio en cualquier idioma supura el mismo hedor.

Yankl abrazó a su mujer; ninguno sabía qué decir. No querían emitir las palabras e imágenes que se habían formado en sus mentes, porque al hacerlo podrían invocarlas. El ejército rojo, formado por jóvenes de las edades de sus hijos, le pareció a Minke demasiado doloroso.

¿Se puede sentir felicidad en medio de una tormenta de desasosiego?

Minke cocina unas papas. Últimamente es lo único que consigue. Roze le da el pecho a su segundo hijo mientras el primero la observa, quizá preguntándose por qué no puede él también saciar el hambre con la leche de su madre. Quizá quien se lo cuestiona es Roze y se siente culpable de haber tenido otro bebé cuando apenas pueden alimentar al primero, pero esas cosas no se deciden y, si Dios les manda una nueva vida, hay que agradecer y callar los reclamos.

Los hermanos Leye, Sholem, Abreml, Yudis y Sima están ocupados, cada uno en una actividad previa al Shabbat, el esperado momento en el que todo se detiene por veinticuatro horas. Todo menos los gritos de algún desdichado al que fusilan en la calle, todo menos un saqueo de las casas ya insaqueables, porque no queda nada. Todo menos… en ese momento ven entrar a Sokolov con la misma sonrisa que llevaba hace unos años cuando Ana pudo partir a Francia.

El hombre se entera de todo lo que sucede en el gueto, él recibe las cartas abiertas por el ejército, él también conoce los nombres de aquellos condenados a muerte incluso antes de que hayan cometido el crimen por el cual serán culpados. Esta vez lleva una carta y, sin dar tiempo a que Yankl la lea, les informa eufórico que su yerno les consiguió visas y dinero para el pasaje a México. El Jefe también piensa irse pronto, aunque ahora está formando un grupo de lucha clandestina y, antes de partir, quiere terminar con esa labor. Minke y Yankl se abrazan, los hijos gritan emocionados. Roze llama a Samuel, su marido, y en ese momento Sokolov dice lo que hubiese querido callar. Para ustedes, Roze, no han conseguido el dinero suficiente, son cuatro y los bebés, es complicado… No tiene que decir nada más. El marido de Roze entra apresurado, pensando que algo malo le ocurre a alguno de sus hijos. Y sí, ocurre algo terrible, aunque en ese momento no saben el grado del horror.

Minke se rehúsa a dejar a su hija. Le suplica a Yankl que lleven a Roze en su lugar, pero, aunque fuera posible, ella jamás dejaría a sus hijos ni a su marido. No hay nada que hacer y, aunque todos lo saben, prefieren seguir creyendo que sucederá un milagro. Pasan los días embebidos en un silencio pesado. Empacan lo poco que cabe en sus maletas. El dolor y la culpa se mezclan: ¿Por qué yo?

La última noche antes de escapar, Yankl le asegura a su yerno que muy pronto los van a sacar del gueto: Verás que antes de que lo pienses estaremos nuevamente reunidos. Nathan y Harry también están tratando de conseguir visas y, en cuanto se abran las cuotas, los llevarán a Nueva York. Roze abraza a sus hijos y llora, quiere odiar a Ana por hacerle esto, no solo no la salva, además la separa de su familia, la deja sola. Quiere odiarla y, sin embargo, lo único que escucha es su voz cuando le dijo: Estas demasiado chica para casarte, hay todo un universo allá afuera, hermana, no te ates a este pedazo tan chiquito de mundo. Pero Roze quería vestir de blanco y caminar hacia el altar y bailar con su prometido y ser su esposa y la madre de sus hijos. Para eso la habían criado y estaba feliz con su papel. Hoy no puede odiar a Ana. Odia un poco a Samuel, su esposo. Odia, aunque no se permite hacerlo, a sus hijos, porque le aterra pensar que algún día tendrá que presenciar su sufrimiento. Se odia ella. Odia a los soldados rusos y esta estúpida guerra. Tanto odio no debería caber en una sola persona, pero cabe.

1941. Baranovich

Antes de degollar a una gallina, mi bisabuela Minke le había enseñado a su hija Roze que debía cargarla entre sus antebrazos y acariciarle la cabeza. Agradecerle que estuviera dando su vida para alimentar a la familia y después cortarle el pescuezo con la mayor destreza, para que el animal no sufriera. Es junio, la mujer toma a la gallina, la carga y, cuando la va a degollar, se escucha un estruendo que hace trepidar el suelo. La gallina sale corriendo como si ya la hubiera descabezado. Roze se sostiene de una columna. En la calle se levanta una polvareda que no deja ver lo que está sucediendo. En el cielo vuelan aviones tan bajo que parece que se van a llevar los techos de las casas. Después, los soldados alemanes. Cientos de botas, uniformes, caras enfurecidas, miradas perdidas en un horizonte tétrico. En la plaza, los soldados del ejército rojo, que los habitantes de Baranovich habían pensado eran los seres más inhumanos y bárbaros, ahora lloran en cuclillas, con las manos sobre las nucas, las cabezas gachas, los pantalones manchados de orina. Niños, piensa Samuel, niños que se creyeron hombres y se volvieron monstruos.

En 1941 tuvo lugar la Operación Barbarroja, la mayor movilización militar de la historia. En cinco días los nazis conquistan Baranovich.

El odio cambió de uniforme, de idioma, pero no de crueldad. Los nazis eran despiadados, traían las palabras del *Mein Kampf* incrustadas en la piel, y de inmediato comenzó la oleada más terrible de antisemitismo que jamás se hubiera vivido en esas tierras.

El rabino Mendel convocó una reunión en la sinagoga de la calle Wilenska. Exhortó a los feligreses a que formaran una comitiva para ir a hablar con las autoridades alemanas. Siempre hemos estado en paz con los gobernantes, dijo, solo pedimos que nos dejen vivir tranquilos, seguir nuestras costumbres, ser buenos padres de familia y cumplir con los mandatos de *Hashem*; estoy seguro de que los soldados que enviaron aquí no saben cómo ha funcionado nuestro pueblo desde que se formó hace cientos de años. Van a entender si le explicamos con calma.

Los hombres se sintieron tranquilos por primera vez en meses. Si el Rab lo decía, tenía que ser cierto. Partió un grupo con la certeza que da estar pugnando por una causa justa.

Al volver, los seis hombres parecían haber envejecido diez años. Se rieron de nosotros, se burlaron. Nos dijeron algo de unas leyes promulgadas en Nuremberg, y cuando salíamos de la oficina del secretario, porque los jefes jamás nos recibieron, escuchamos claramente que decía *dreckiger jude*. «Puerco judío» sería a partir de entonces una frase cada vez más escuchada, cada vez más dolorosa, porque implicaba una razón legítima para asesinar.

Es de madrugada. Se oyen unos golpes suaves en la puerta trasera de la casa. Samuel toma uno de los cuchillos que usa para destazar animales y que ahora conserva junto a su cama. No te va a ayudar, le dice su mujer, ellos traen escopetas. Sale de la recámara muy despacio. Afuera están el señor Goldberg, su esposa y sus cinco hijos. Cada uno lleva la mirada astillada por una incomprensible realidad. Ismael Goldberg había sido uno de los hombres más prominentes de Baranovich y buen amigo de Yankl. Goldberg baja la cabeza: Les suplicamos que nos reciban por un tiempo, nos han quitado todo. Estamos tramitando los permisos para ir a América, pero necesitamos un lugar para dormir. El más pequeño de sus hijos comienza a llorar y los demás se contagian. En ese momento aparece Roze invitándolos a pasar. En la mesa ya hay unas hogazas de pan y leche tibia.

Mientras la familia duerme, Ismael y Samuel se quedan platicando en la mesa frente al fuego. Al calor de la estufa y de varios vasos de vodka, Ismael le platica el horror vivido las últimas semanas. Se sabía que los nazis habían hecho lo mismo en Moscú y San Petersburgo, pero Baranovich se había mantenido en paz. Ahora los relatos que parecían lejanos comienzan a infiltrarse en lo más íntimo de sus vidas. Primero entraron decenas de soldados alemanes destruyendo, quemando y robando cualquier cosa de valor. Tras ellos, los pobladores más pobres, polacos y bielorrusos, terminaron de robar y destruir, los golpearon, les escupieron en la cara y los amenazaron. Si no se iban, en ese momento los matarían. Salieron con la ropa puesta. A Ismael le quitaron las botas y lo patearon a la calle, entre gritos y burlas.

Al oír la historia de terror que cuenta Ismael, a Samuel le parece estar escuchando el relato de otro país. De pronto recuerda que alguna vez el rabino le mostró un libro que le habían regalado en Budapest titulado *Proverbes judéo-espagnols*. Una de las frases había llamado su atención: «Quien ve las barbas del vecino quemar, echa las suyas a remojar».

Un golpe seco aprieta su pecho.

Desde hacía muchos años las familias se habían aglomerado en el llamado «gueto abierto», en la zona suroeste de Baranovich. Solo algunos ricos, que por hacer trabajos para los aristócratas no eran considerados inferiores, podían tener propiedades afuera. Nos gustaban las calles del gueto, me contó alguna vez mi abuela, el olor a platillos conocidos, a la misma lana usada, los mismos anhelos. En la esquina estaba el sastre y una cuadra más allá el panadero, todos judíos. Y claro que a veces salía algún bribón, pero robaba en nuestro idioma y lo castigábamos con nuestras costumbres. Podíamos entrar y salir, nadie nos impedía comprar en otros negocios, aunque casi nunca lo hacíamos.

Con la llegada del ejército rojo comenzó a ser más difícil salir y entrar, se levantaron rejas de púas y se colocaron guardias en las salidas, sin embargo, con los permisos correctos aún había forma de salir, algunos habitantes trabajaban en la ciudad y volvían por las noches. Con la invasión de los alemanes, se obligó a todos los judíos a permanecer dentro del gueto.

De pronto ya no eran sus calles por el gusto de vivir ahí, era una cárcel a la que cada día llegaban militares vociferando su poder. A veces era con golpes, patadas a los cuerpos recién derribados, algún balazo cuando el soldado había pasado mala noche o tenía demasiado alcohol en las venas. Salir ya era imposible, las rejas se hicieron más altas, los guardias en la entrada mucho más agresivos. Esa mañana vaciaron en el suelo miles de estrellas amarillas con la palabra *Jude* bordada al centro. ¡A partir de ahora deben ponerla en su ropa, y el que no lo haga será fusilado!, gritó el sargento. Escupió sobre el monte de tela amarilla y, golpeando los tacones de sus botas, se alejó seguido por los otros soldados que cantaban y se daban palmadas en la espalda.

Los primeros en acercarse fueron los niños. Hacía mucho tiempo que no recibían regalos y vieron en la tela amarilla y brillante un lindo adorno. Roze no pudo suprimir el dolor. Sus hijos entenderían demasiado pronto lo que significa ser señalado, pertenecer al grupo equivocado de seres humanos, a aquellos a quienes es permitido destruir porque sí. Por ahora, les consentirían jugar con las estrellas. Uno a uno, los adultos se aproximaron para tomar su insignia.

Más de diez mil judíos vivían en el nuevo gueto, ahora cerrado con bardas de tres metros de altura y con guardias de seguridad en las dos puertas: la de la calle Wilenska y la del cementerio, la cual se usaba todos los días, pues el hacinamiento, la falta de higiene, el hambre y la violencia cobraban vidas sin pausa. Alrededor del gueto construyeron torres de vigilancia con soldados y ametralladoras.

Una madrugada se escucharon los gritos de soldados recitando una lista con nombres. Uno a uno, los mencionados fueron saliendo de sus casas, cabizbajos, asustados, sus hijos pequeños apretados a las piernas, que apenas podían sostenerlos.

Cuando los 73 hombres estuvieron formados, los soldados les dispararon, gritando que así morían los comunistas. Nadie entendió. Los hombres que no habían sido llamados volvieron a sus casas cargando el alivio y la culpa por no haber sido ellos. El terror de saber que mañana quizás sí lo serían.

Unas semanas antes, el rabino Mendel había pedido a algunos hombres que se juntaran en la sinagoga. Ese día se formó el *judenrat*, un consejo de intermediarios entre los habitantes del gueto y las autoridades alemanas. Se pretendía que pudieran ayudar a los alemanes a implementar sus leyes dentro del gueto, sin necesidad de usar la violencia. Se nombró como el líder a Yehoshua Izykson y él pidió que Genia Mann fuera su secretaria.

Después del asesinato de los 73 acusados de comunistas, en julio de 1941 entraron ocho soldados y mataron indiscriminadamente a 350 habitantes del gueto. Cuando Izykson pidió hablar con uno de los jefes para pedir una explicación, el SS respondió que sus razones habrán tenido y lo despidió con la excusa de que ya era hora de comer.

Comenzaron así las *aktions*. Entraban al gueto y sacaban a grupos de personas para llevarlas a los campos de exterminio. En 1942 Joseph Gurnievich, conocido como «el Lituano Cruel», le ordenó a Izykson que entregara a tres mil judíos viejos y enfermos. A cambio, suspenderían las matanzas por un tiempo. El hombre ya les había dado todas las joyas, el oro y las pieles que algunos habitantes escondían e intercambiaban por mayores raciones de comida o algún favor de los guardias que cuidaban las entradas. El jefe del *judenrat* contaba con toda la confianza del pueblo, así que cuando lo solicitó, le entregaron sus pocas pertenencias. Esta vez, ante la petición de entregar tres mil hombres, Izykson se negó. Me pueden exigir lo que quieran excepto vidas humanas, eso está en manos de Dios. Dio media vuelta y salió, sabiendo que serían sus últimas palabras con las autoridades de la SS.

Llegó a su casa y sacó su libro de rezos. Su mujer le imploraba que huyera, que se fuera con los partisanos. El hombre se negó. Si no me arrestan a mí se vengarán con ustedes y con cientos de inocentes. En la madrugada golpearon la puerta con la culata de un rifle. Cuando Izykson abrió, vio que tenían amarrada a Genia, su secretaria. Ella no hizo nada, suplicó, déjenla ir. El jefe le dijo que no se preocupara, que solo estaban llevándolos a ver un hermoso espectáculo. Los arrastraron hasta un campo fuera de las rejas. Ahí, amarrados de pies y manos, se encontraban tres mil viejos y enfermos que apenas lograban sostenerse en pie. Si alguno cae, gritó el SS, le disparan de inmediato.

Llevaron a Izykson y a Genia tan cerca del grupo de presos que podían oler la desesperanza y ver las pupilas temblorosas. Pasaron horas. De vez en cuando un viejo desfallecía, seguido del estruendo del fusil.

Finalmente, aburrido quizás o con demasiado frío para seguir con la diversión, Gurnievich dio la orden de fuego y los soldados dispararon a los prisioneros.

Genia emitió un alarido que desgajó a su jefe. En ese momento el líder del escuadrón disparó a la mujer a quemarropa.

Izykson se acercó al general y, con la poca fuerza que le quedaba, le escupió en la cara.

Un tiro le atravesó un ojo, con el otro alcanzó a ver una parvada de pájaros que, al despuntar el sol, comenzaban su día.

Las *aktions* se vuelven cotidianas. Entran soldados al gueto, eligen un número de personas, las llevan al bosque cercano y las asesinan. Después regresan por otros para cavar las tumbas de los muertos. Al terminar la labor, a ellos también les disparan.

El terror se vuelve habitual y quizás por eso menos aterrador. Los habitantes del gueto comienzan a moverse como espectros, cada instante puede ser el último y, en secreto, anhelan que lo sea. El suyo, pero no el de sus hijos, no el de sus seres amados. Por ellos aún queda voz para elevar una plegaria, por ellos la esperanza sigue doliendo.

1942-1944. Bosques de Bielorrusia

Es de madrugada. Siempre es de madrugada. Sacan de la casa a Avram, quien acaba de cumplir diecinueve años. En el camión, apenas sosteniéndose en pie, hay otros treinta jóvenes. Avram reconoce, a través de la penumbra, la mirada plomiza de su primo. Rajmiel tiene dieciséis años. Lo recuerda siempre con una libreta y un lápiz, escribiendo mientras los otros juegan con una pelota o se echan a nadar al río.

Los llevan hasta el lugar en el que yacen cuarenta cuerpos recién fusilados, aquellos que se llevaron ayer diciendo que irían a campos de trabajo. La esperanza de sus familias debe seguir viva, mientras el corazón de sus seres queridos ha dejado de latir hace muchas horas. Poco a poco, Avram se acerca a su primo deslizándose entre los otros prisioneros con movimientos sigilosos para no llamar la atención de los guardias. Ya juntos, le toma la mano: Vamos a salir de esto, tú solo has lo que yo te diga.

Bajan del camión. Alguno vomita, aunque en realidad no tiene nada en el estómago. Por suerte no lo han visto, porque lo ejecutarían al instante. Caminan hacia los cuerpos y toman las palas. ¡Caven una zanja!, grita el SS. Los muchachos lo hacen. Primero despacio hasta que sienten la culata de un rifle golpear su espalda, ¡Más rápido!, y las palas se aceleran. Cuando el agujero es suficientemente profundo, les indican que avienten los cadáveres. Rajmiel levanta de los brazos a su amigo Itzac; hace tres días jugaban pelota en el campo del gueto, discutieron por una tontería y Rajmiel lo empujó. Itzac cayó y sus compañeros se burlaron. ¡Me las vas a pagar!, le gritó y se fue. ¿Cómo pedirle perdón a un cadáver que lo mira fijo? Rajmiel le cierra los ojos: No te preocupes, le murmura, pronto estaremos revueltos en el mismo lodo. Hoy nadie se va a reír.

Una vez que los muertos se hallan dentro de la zanja, forman a los jóvenes en la orilla. Cuando escuches el primer disparo saltas, le susurra Avram a Rajmiel. Una ráfaga de disparos azota los cuerpos sudados, agotados de cavar. Los primos quedan inmóviles entre los muertos. Los soldados alemanes, con demasiado frío y ganas de ir a los cuarteles a beber vodka, se van. De todos modos, todavía caben más cuerpos. Mañana vendrán nuevos prisioneros a cubrirlos de tierra.

Ninguno sabe si el otro logró saltar a tiempo. No se atreven a mover ni un dedo hasta que han pasado horas desde que escucharon los motores alejándose. ¿Avram?, susurra Rajmiel. Aquí estoy, responde quien a partir de ese momento será su hermano.

Se levantan, sacuden la tierra y corren hacia el bosque. Y corren. Y aunque el cuerpo desfallece, no dejan de correr. De pronto ven lo que parece un campamento; hay mucha gente y una fogata. No saben si acercarse, pero no tienen fuerzas para seguir. Rajmiel saca su libreta, anota unas cuantas palabras. Avram quiere preguntar qué es lo que escribe, pero por ahora lo importante es escapar.

Rajmiel y Avram se acercan cautelosos a unas luces que palpitan entre los árboles. Intentan descubrir algún uniforme que les indique si quienes habitan ese lugar son amigos o enemigos. Es confuso, porque los rusos del ejército rojo que ayer eran los adversarios hoy han encontrado con ellos un rival en común. Juntos contra los nazis, ya después volverán a odiarse.

Los jóvenes se esconden detrás de unos arbustos, temblando por el frío. El hambre se ha vuelto punzante y el terror de las horas ocultos entre muertos los ataca apenas intentan cerrar los ojos. Mientras se debaten si aproximarse o no, llega un niño que, con cautela, les ofrece un pedazo de pan y algo de beber. Los hombres lo devoran de un bocado. ¿Son partisanos?, pregunta Jezl. De inmediato Avram responde que sí, que escaparon de una matanza en Baranovich y quieren unirse a los grupos de defensa. Sokolov le había platicado de esos grupos que recibían a los refugiados y se organizaban para fabricar armas, cazar animales y, a través de túneles, entregar las provisiones al gueto y sacar a los judíos que quisieran escapar. El muchachito les platica un poco del lugar, les dice que está seguro de que los van a recibir porque siempre se necesitan hombres fuertes y les pide que esperen, irá a hablar con el líder.

Llegan a las afueras del campamento, que cubierto por árboles y maleza apenas se distingue. Jezl los incita a acelerar el paso. Los jóvenes usan sus últimas fuerzas para caminar con brío. Al acercarse van apareciendo miradas de ojos enormes, cuerpos doblegados, viejos y niños. Mujeres envueltas en telas cafés que cubren sus cuerpos y buscan ocultar sus miedos. Todo es café; Rajmiel intuye que es el color de la desesperanza. Los rodean jóvenes fuertes, ellos cargan las armas y son quienes permiten la entrada de los primos.

Asael Bielski, el líder, recibe a los Wolloch con un abrazo, entusiasmado de encontrar compatriotas vivos. Después de los saludos, pide que les traigan una buena comida y un poco de vino. Los primos no pueden creer tanta felicidad.

Asael es quince años mayor que ellos, salió de Baranovich cuando apenas llegaron los alemanes; por haberse fugado asesinaron a su esposa embarazada y a sus suegros. Se enteró de sus muertes meses después, cuando planeaba entrar al gueto a sacarlos y un compañero le informó lo sucedido. Entonces, con una furia que parecía emanar desde algún infierno en sus vísceras, prometió salvar a todos los que pudiera y matar al mayor número de alemanes. De inmediato se convirtió en el cabecilla. Conocía a Avram y a Rajmiel, aunque, por la diferencia de edades, nunca habían sido cercanos. Mientras se sacian con la carne y el café caliente, le cuentan su historia y Asael entiende de inmediato que estos jóvenes lo ayudarán a cumplir su cometido.

Avram y Rajmiel encuentran personas de Baranovich a quienes habían dado por muertas: vecinos, compañeros de juegos, de sueños, de miedos. Los abrazos son cautos; es difícil estrechar a alguien que ya se lloró, se enterró, se comenzó a olvidar.

En las noches se reúnen alrededor de una fogata y cada uno relata la historia de su escapatoria, contada decenas de veces. En ocasiones, si logran calentar sus reticencias al calor de un trago de vodka, platican también sus sueños para un futuro que se percibe difuso. Rajmiel escribe, escribe las historias de los otros para tratar de conservarlas, anota aquello por lo que reza en las noches, para intentar mantener la esperanza.

El campamento de partisanos de los Bielski se va haciendo cada vez más grande y también más famoso hasta convertirse en una molestia para los nazis. Sin embargo, llegan tarde cada vez que intentan encontrarlo. Queda el humo de un fuego reciente que seguramente calentó sucias manos judías, permanece el olor a la comida, a veces algún guante que se quedó atrás en la huida. Parece que los malditos partisanos pueden predecir cuándo los alemanes van a atacar. La realidad es que tienen la ayuda de algunos bielorrusos que viven en los alrededores. Granjeros amenazados por los soldados; si los nazis se enteran de que han escondido o ayudado a algún judío, de inmediato matarán a sus familiares mientras ellos observan, luego les perforarán en la frente la palabra *Jude* y los colgarán para servir de escarmiento a cualquiera que pretenda hacerse el héroe. Aun así, hay quienes ayudan, quienes ofrecen algunas de sus pertenencias para salvar a otros sin importar su religión. Son pocos, son cada vez menos. Y las provisiones en el campamento empiezan a escasear.

Los primos Wolloch pronto se convierten en líderes. Son hábiles y arriesgados, hacen las labores que otros rehúyen. Asael les toma un cariño especial y busca siempre tenerlos a su lado. Participan en las emboscadas en las que matan alemanes para robar sus botas, abrigos y, en especial, armas. *Los muertos de cualquier nacionalidad, cuando les quitas la pistola, parecen niños asustados,* escribió Rajmiel en su libreta.

Cada día llegan más prófugos. Entre la bruma del bosque aparecen cuerpos que caminan lento, miradas que suplican. El hambre se huele en sus huesos torcidos. Los niños han dejado de llorar, guardan las fuerzas para dar un paso más, quizá el último. Aparecen familias completas a las que alguien les platicó de Asael Bielski y los partisanos. Es la posibilidad de que su existencia sea real lo que les ha permitido caminar kilómetros escondidos entre arbustos, comiendo apenas unas mordidas de un pan que lograron sacar del gueto. Cada uno carga algo, un bulto o una pequeña maleta de piel; metieron ahí aquello que pensaron que sería indispensable para continuar la vida. Muy pronto se dieron cuenta de que lo único indispensable es comer y respirar.

A finales de 1942 ya son más de trescientas personas.

Asael convoca una reunión con Avram, Rajmiel y los otros líderes. Durante algunos meses han permanecido en el mismo lugar. Los han ayudado los granjeros, algunos con gusto, otros amenazados por un rifle y una mirada hambrienta. Es verdad que han robado para subsistir, pero siempre les dejan lo suficiente para que ellos también puedan vivir. Sin embargo, cada día están más enojados y no tardará alguno en delatarlos. Deben moverse a otro sitio.

Es de madrugada, escribe Rajmiel, *recargado en un árbol siento que su tronco comienza a temblar. Todos duermen, hay una fogata pequeña a punto de morir. Es agosto, no necesitamos el calor del fuego, pero siempre hay una llama para calentar café o algo de comer para un niño que no entiende de horarios, ni de guerras. El suelo tiembla con más fuerza y entonces los veo, son decenas de jeeps alemanes que pasan muy cerca de nosotros, sin embargo, parecen dirigirse a un lugar determinado, porque siguen derecho, a toda velocidad. Veo que de las casas improvisadas emergen caras confundidas, una de ellas es la de Avram. Muy pronto los demás se dan cuenta de que el temblor viene del suelo estrujado por jeeps militares.* Ahí termina el texto, lo que sigue permanece en la memoria de quienes jamás podrán volver a cerrar los ojos sin ver, una y otra vez, imágenes de terror, de huida, de muerte.

Los líderes se apresuran a despertar a quienes permanecen dormidos, ayudan a guardar lo indispensable. Rajmiel trata de convencer a una señora que debe dejar su maleta, aunque llora suplicando que es lo único que le queda: Mataron a mi esposo y a mis hijos, en la maleta llevo sus fotografías, ¿cómo podré recordarlos si me la quitan? No hay tiempo de explicar. Llegan algunos amigos de los pueblos cercanos y les informan que los nazis han desplegado a más de 20 mil soldados en una cacería humana masiva con órdenes de terminar con los partisanos judíos, rusos y polacos. Están al mando oficiales de las SS y han ofrecido una recompensa de 100 mil *reichmarks* a cambio de información que los lleve a la captura de los líderes, en especial de Asael. Esto aumenta el peligro; por más amigos que sean los bielorrusos, esa cantidad de dinero es difícil de rechazar.

El grupo se mueve con lentitud. No será posible llevar a todos juntos a un lugar seguro. Avram y Rajmiel se separan por primera vez desde aquel día en que se encontraron en el camión que pretendía llevarlos a su muerte y que los condujo a una hermandad firmada bajo los cadáveres de sus vecinos y amigos. Asael les pide que cada uno dirija un grupo. Las personas se forman en filas. Les explica por dónde moverse, aunque la premura no le permite ser muy específico. Confía en la intuición de los otros líderes. Al final deberán reunirse en el bosque Naliboki, en la orilla derecha del río Niemen que, por ser una zona pantanosa, es de difícil acceso para vehículos de motor y caballos. Los primos comparten una mirada, esperan que sea de reencuentro y no de despedida. Pero nunca se sabe.

Caminan de noche y durante el día se esconden dispersos entre árboles y arbustos. Duermen envueltos en sus pocas pertenencias que, en general, se han reducido a una manta y una o dos prendas calientes. Cuando el líder ordena detenerse por algunas horas, cada uno, en silencio, toma su sitio. Buscan ramas en el suelo, arbustos pequeños, aquello que consideran un mejor escondite.

Tienen órdenes de que si los encuentran deberán decir que están solos y gritar alguna frase de súplica lo más fuerte posible para alertar a los demás. Saben que ese grito será lo último que hagan. La disciplina en el campo es férrea y han aprendido a acatar órdenes como se hace en el ejército. Asael lo experimentó cuando fue soldado en las tropas polacas, así que, a pesar de ser cordial, a veces incluso cariñoso, ante todo es implacable y exige obediencia.

En las noches, Rajmiel encabeza la fila de seres cansados, con más miedo que ganas de vivir. Durante el día busca lugares para estar solo y escribir. A su libreta le quedan muy pocas páginas en blanco, por lo que la letra se ha ido haciendo más pequeña y apretada. Quiere creer que pronto llegarán a un pueblo en el que les informen que terminó la guerra, que ya pueden regresar a sus casas; a veces lo piensa, otras, las imágenes se cuelan como manchas de humedad en sus sueños.

Ese día, en la duermevela, escucha los primeros disparos, algunos gritos. Se perciben lejanos, por lo que sabe que no vienen de las personas de su campamento, pero alguien grita, alguien probablemente muere. Todos se despiertan sobresaltados y se reúnen en un círculo. Rajmiel les dice que se mantengan escondidos. Camina hacia los gritos y los disparos. Cuando llega, logra ver los Kübelwagen alemanes alejándose, por suerte hacia el lado opuesto del lugar en el que ellos se ocultan. Frente a él se extiende un charco de cadáveres. Trata de recordar quiénes iban con Avram; no logra contener el pánico mientras gira cuerpos para ver las caras. No consigue contener la dicha cada vez que los ojos abiertos y marchitos no son los de su primo. Sigue avanzando, aunque sabe que debe salir de ahí y correr hacia aquellos que aún están vivos, llegar a ellos y llevarlos lejos. Pero no puede, necesita comprobar que Avram no ha muerto. Más adelante, revuelta entre sangre y lodo ve la cara del líder de ese grupo, se llamaba Lev. Apenas ayer le mostró la fotografía de su hija recién nacida. Avram sigue vivo. Rajmiel gime con la desesperación de saberse un despiadado que celebra la muerte porque no es la suya. No es la de su primo.

Pero hay muchas caras desconocidas, cuerpos que jamás había visto. Son demasiados. Deduce que algún otro grupo de fugitivos se encontró con el de Lev, seguramente los alemanes ya los habían detectado y arrasaron con todos.

Comienza a alejarse cuando escucha un llanto ligero que lo hace girar la cabeza. Sigue el sonido hasta un montón de cadáveres encimados. El lamento apenas audible emerge del montón de cuerpos. Rajmiel los levanta y los coloca a un lado hasta llegar al rostro de una mujer desconocida, muy joven, quizá una niña, que lo mira aterrada y suplicante. Si es el enemigo, implora que la mate, si es amigo, que la salve. A Rajmiel le embisten las imágenes que pensó que podría borrar, las horas en las que su cuerpo estuvo aprisionado por la muerte de otros, de seres inertes, sofocantes.

Carga a la mujer en su espalda y camina lo más rápido posible a su campamento. Siente que lo persiguen, casi puede escuchar las pesadas botas nazis hundiéndose en el lodo, casi puede sentir la respiración húmeda de muerte. Lo ahogan los cadáveres que dejó aventados, con las miradas secas, con muecas de asombro. Suelta por un momento el cuerpo, descansa y lo vuelve a levantar. Corre, aunque sus piernas ya no sientan el suelo. Solo un cansancio que pareciera devorarlo.

Llega sofocado. Lo reciben dos hombres que vigilan el campamento. Al verlo respiran aliviados. La responsabilidad se atoraba en sus pechos pensando qué harían si su líder hubiera muerto. Entonces ven lo que parece el cadáver de una niña sobre la espalda de Rajmiel. Se apresuran a colocarla sobre el musgo junto a un tronco caído. La camisa del jefe está ensangrentada, uno de los hombres la levanta deprisa y comprueba que Rajmiel no está herido. Poco a poco se acercan otros miembros del grupo, entre ellos el doctor, quien alza despacio el vestido de la niña. En las costillas prominentes por la desnutrición se ve la herida de una bala que siguió de largo, pero alcanzó a cortar. El médico pide agua y su maleta en la que lleva unos sobres de sulfanilamida, algunas gasas y una cantimplora con vodka que a veces usa para limpiar lesiones en cuerpos ajenos y otras, para limpiar las suyas que duelen muy adentro. Cura la herida y cubre a la enferma con una de sus mantas. Ahora tenemos que esperar, en dos o tres días sabremos si no hay infección. Rajmiel sabe que eso significaría una muerte segura, así que decide aguardar un día más antes de seguir la huida hasta el punto de encuentro. Los ánimos del grupo están muy alterados. Quieren seguir caminando, quieren llegar con los otros al bosque que les dijo Asael que sería la última parada. Varios hombres se acercan a Rajmiel y observan a Irina recostada cerca del fuego. Entienden que moverla ahora la podría matar, pero no la conocen y sí conocen a las cien personas que aguardan agazapadas entre los matorrales, caladas por un miedo que, esa niña lo comprueba, no es imaginario. Conocían a los otros cien que ahora yacen en el lodo. Es muy probable que ella muera, le dicen a Rajmiel, y tu gente está viva y necesita llegar a un lugar seguro.

El líder entiende que no puede detenerlos. Si los descubrieran sería culpable de sus muertes. Apenas se pone el sol da la orden de levantar el campamento y seguir el camino. Se respira alivio.

Rajmiel carga a Irina. Después de un rato se acerca otro hombre que lo ayuda y, así, entre varios se van turnando el cuerpo de la nueva integrante. Conocen su nombre porque lleva una placa de oro donde aparece grabado.

Después de tres días de camino llegan a la orilla del río Niemen. A lo lejos ven el humo de un fuego que augura algo de cenar y alguien dispuesto a abrazar. Por fin van a establecerse. El grupo celebra con palmadas en las espaldas, con alguna carcajada. Rajmiel permanece alejado de las fiestas, con la mirada opaca de Lev clavada en su aliento.

Avram corre, no puede contener el llanto que tuvo agazapado durante la ausencia. Los ruidos en el bosque parecían gritar premoniciones. El ulular de un búho era el comando de ataque, el batir de unas alas expulsaba uniformes rozando los matorrales, el sonido lejano de un avión podría ser una bomba. Y todos se convertían en la muerte de su primo, tan real que al verlo parado a unos cuantos metros tuvo que cerciorarse de estar despierto. ¡Rajmiel!, grita, pero la voz empapada en angustia apenas logra viajar unos metros antes de caer desmayada. Corre hasta llegar frente a su amigo y ahí, por primera vez en semanas, se le doblan las piernas y se derrumba, sollozando sin recato.

Al levantar la mirada, ya envuelto en el abrazo de Rajmiel, se fija en el cuerpo delgadísimo de una niña que yace a su lado. Su primo le cuenta cómo la encontró, le platica de los ojos ausentes de Lev, le explica cómo la curó el doctor, pero Avram no escucha ni una palabra, solo puede observar a Irina que, poco a poco, abre los ojos. Es él su primera visión.

El trabajo es arduo. De más de 1200 personas que forman el campamento solo 150 tienen la fuerza y la destreza para participar en los ataques a las estaciones nazis, de donde obtienen comida, armas y, a veces, botas nuevas. Cuando consiguen acabar con la vida de algún soldado lo ven como un triunfo. Después comprenderán que cada muerto de guerra es un desperdicio.

Los demás ayudan en lo que pueden. De forma casi natural se dividen el trabajo; los más fuertes cargan madera para construir *zemlyankas*, esos refugios subterráneos que aprovechan los declives de la tierra para camuflarse. Los niños juntan ramas y plantas para cubrir las construcciones. Al paso de las semanas, el campamento empieza a verse como un pequeño *shtetl*, las paredes de lodo seco de las casas se llenan de fotografías de seres queridos; los rincones, de adornos; de las entradas cuelga alguna *mezuzá* traída de lejos. Con troncos improvisan mesas en las que los hombres juegan barajas, beben y, si lo intentan con fuerza, logran sentirse felices. Las mujeres encienden el fuego, les han construido una cocina bastante funcional de la que salen deliciosos panes, guisados y a veces un pastel para celebrar algún cumpleaños.

Irina yace en una cama en la *zemlyanka* de las niñas huérfanas. El doctor pasa a visitarla dos veces al día, tantea la temperatura en su frente, abre sus parpados y su boca, con ayuda de otras mujeres le da cucharadas de caldo. Avram llega de repente, como por casualidad, y pregunta por su salud. El doctor le dice que todo parece estar bien, la herida ha cerrado, no hay fiebre, las pupilas tienen el tamaño correcto; sin embargo, la joven no despierta. Al parecer no quiere despertar. Nadie le ha preguntado qué sucedió, con quién estaba, cómo sobrevivió. Nadie pregunta porque cada uno carga su propia supervivencia, y ese ya es un peso difícil de soportar. Avram decide salvarla, así que cada vez que puede entra al refugio, se sienta junto a Irina y le murmura su historia. Al paso de los días, con cada visita, la mujer se yergue, comienza a comer sola, a ratos camina. Poco a poco ella también empieza a platicar.

Antes me llamaba Leah. Son las primeras palabras que Avram oye, las dice tan suave que el hombre no está seguro de haberlas escuchado. Pero ella las repite: Antes me llamaba Leah. Avram le pregunta: ¿Cuándo?, ¿por qué? Ella vuelve al silencio. Entonces él continúa charlando de su vida, en realidad cuenta cualquier cosa, nombra los libros que leyó de niño, le describe los deliciosos platillos que cocinaba su mamá y aguarda, paciente, a que surjan de boca de Irina nuevas palabras.

Unos días después la mujer se toca el cuello. Con la mano aprieta la medalla que dice su nombre. Se la quité a mi hermanita antes de tirarla en aquel agujero. Los soldados no se dieron cuenta. Avram quiere preguntar, pero ya aprendió que las respuestas solo emanan cuando permanece en silencio.

Soy polaca, nací en Novogrúdok, la mirada de Irina viaja primero a un lugar que hace brillar sus pupilas, después a otro que las ensombrece. Y calla. Avram enmudece a su lado.

¿Sabes?, dice de repente, éramos miles de judíos, diez o doce mil viviendo en una ciudad hermosa. Mi papá era famoso porque hacía vestidos muy elegantes y a los señores ricos les confeccionaba trajes. Por eso los malditos nazis no lo mataron. Querían seguir acicalados, muy elegantes para sus fiestas.

Era verano, me acuerdo de que mi mamá y yo regresábamos del mercado cuando vimos un batallón de soldados alemanes entrando en la ciudad. Ya traían a muchos rusos amarrados. No sabes lo felices que nos pusimos. Irina sonríe a pesar de que sus ojos están llenos de lágrimas. Los rusos nos habían quitado nuestra casa y quemaron el negocio de mi papá. Por eso vivíamos apretados en un cuarto del *shtetl* y mi padre trabajaba en una covacha. No sabíamos lo que nos esperaba, nadie creía en los rumores que llegaban de otros pueblos, palabrerías llenas de sangre y terror, imposibles, porque un ser humano no puede hacer esas cosas, no hoy que ya somos civilizados.

Mi mamá le dijo a su marido que iría a hablar con las nuevas autoridades para que nos devolvieran nuestra casa. Habían pasado dos días desde la invasión y los alemanes seguían ocupados en apresar rusos, en humillarlos en las plazas, en golpearlos hasta que solo quedaban guiñapos para aventar en un camión. ¿Por qué no entendimos que eso que les hacían a ellos era exactamente de lo que hablaban los rumores? ¿Por qué pensamos que ellos lo merecían y que por eso no eran atrocidades? A fin de cuentas, estaban pagando sus faltas. ¿Entiendes, Avram? Nadie nos va a defender porque piensan que lo merecemos y se lavan la culpa. Incluso si no son ellos los que cometen los crímenes, sí son culpables de mirar hacia el otro lado. Nosotros también desviamos la mirada. Demasiado cansada para seguir hablando, la mujer se queda dormida en el hombro de su amigo.

Irina cocina, generalmente sopa de papa y pan. También acompaña a Avram en las noches en las que le corresponde patrullar. Conversan cubiertos por la oscuridad del bosque, que no permite el paso ni siquiera de la luz de las estrellas, y pueden hablar sin tratar de tapar sus miedos. Ahí encuentran el mejor refugio y momentos que podrían parecer felices.

Generalmente es Irina la que empieza a contar, continuando en el punto exacto en el que ha dejado su narración, sin importar si pasaron dos horas o dos días…

Mi mamá se acercó al edificio más importante del pueblo, que ahora lucía una enorme bandera roja y negra con la esvástica al frente. Subió los escalones jalando a mi hermana pequeña para hacerla caminar más rápido; quería sorprendernos al llegar con las llaves de nuestra casa en las manos.

Alguien vino a llamarnos, no tuvo que decir mucho, ya conocíamos esas miradas vencidas. Junto a la sinagoga, dijo, y corrimos. Tenían a diez mujeres paradas en fila, entre ellas a mi mamá y mi hermanita, que agarraba su falda. Pero esta vez no parecía que las fueran a fusilar. Los soldados se reían y en tono amable les preguntaban cuál era su casa. Alguna señalaba y los soldados asentían, uno de ellos sacó una libreta y pareció anotar. Mi mamá sonreía. Ya nos habíamos reunido unas treinta personas alrededor de ellas. ¿Será que sí nos van a regresar nuestras propiedades? Te juro, Avram que eso estaba pensando, hasta creo que me había convencido de que así iba a ser, cuando escuché el primer tiro. Estoy segura de que mi madre nunca sintió la bala que atravesó su frente, porque aun cayendo le sonreía al soldado que le disparó. Mi hermanita trató de correr hacia mí. Yo le grité que se apurara y extendí los brazos, como si hubiera sido uno de esos juegos en los que si llegaba a una base se salvaba. ¡Corre!, grité, cuando la vi echar la espalda hacia atrás y, con la mirada cubierta de turbación, caer en el charco de sangre que ya manchaba las puntas de nuestros zapatos. No pudimos llorar, ni exclamar, tuvimos que bajar la cabeza para que no siguieran con la masacre. Entonces nos gritaron que caváramos una fosa y echáramos los cuerpos en ella.

Volvimos en silencio, un silencio que penetró nuestro aliento. No se volvió a mencionar a mamá ni a la pequeña. Nunca le dije a mi padre que llevaba puesta su medalla. Seguimos las rutinas cotidianas cubriendo las ausencias como podíamos, sin tropezarnos, sin preguntar, en una danza que parecía practicada desde siempre. Porque así tenía que parecer.

Una tarde entraron a nuestra casa, mi papá arreglaba un vestido viejo de mamá para hacerlo de mi tamaño. Al verlos, corrí a esconderme junto con mi hermano detrás de un mueble. Mi padre se levantó, resignado, vencido. ¿Sabes, Avram?, ahora entiendo por qué nos pueden matar a sangre fría, en realidad cuando nos ven, nosotros ya nos sentimos cadáveres, ellos solo tienen que jalar el gatillo en la frente de un muerto. Irina llora. Avram, por primera vez la estrecha. Ella tirita entre sus brazos y cierra los ojos.

El soldado le acercó la pistola, su mano temblaba, yo creo que estaba muy borracho. O tal vez ese viejo iba a ser su primer muerto. La bala atravesó su frente y la sangre empapó la manga del vestido de mi madre, que ya por siempre me quedó demasiado grande.

La mujer no quiso hablar más, le dolían las palabras que perforaban su garganta con el tormento de repetirlas. Cuéntame, a tu ritmo, cuando quieras hacerlo, pero necesitas seguir contando para que esa historia salga de tu cuerpo y por fin quede en el pasado.

Irina hablaba despacio. Tenía que cerrar los ojos y ver lo que había ocurrido. Ver cómo después de asesinar a su padre, la enviaron junto con su hermano y otros seiscientos judíos a lo que había sido el Palacio de Justicia. Ver y después sentir lo que había sentido y juntar una palabra de dolor junto a otra de esperanza, para poder contar la historia.

Cada día éramos menos. Cada día, al amanecer, alguien se había quedado mirando fijo, la piel de la cara tan pegada, que los dientes restantes parecían salirse de la mandíbula. Las primeras veces hubo algún llanto. Ya después los que despertaban más cerca del cadáver se encargaban de sacarlo y aventarlo en el agujero que habíamos cavado afuera. Un muerto, un poco de tierra. Tres muertos, otro poco de tierra. Hasta que se llenaba una fosa y entonces había que cavar otra.

A mi padre lo seguían buscando mujeres ricas para que les confeccionara sus vestidos de gala que usarían en las cada vez más frecuentes y suntuosas fiestas de los jefes del Tercer Reich. Al preguntar por él, yo me daba cuenta de que se ponían tristes cuando alguien les informaba que el *shneider*, así lo llamaban, el Sastre, ninguna conocía su nombre, había muerto de una enfermedad. Y entonces yo levantaba la cabeza y decía: A Marek Berg lo asesinaron. Lo decía quedito, pero con suficiente fuerza para que el viento pudiera elevar su nombre.

Lo supe un día mientras pelaba papas para un banquete oficial. En el gueto había una calle muy angosta desde la que se podía ver la reja que nos mantenía prisioneros. Ahí se había empezado a cavar un túnel. Calle Sadowa, diez de la noche, dijo el susurro que pasó de largo. Trae lo que pueda servir. Cuando un guardia se distrajo, tomé una cuchara de metal y la guardé entre mis pechos.

Todo lo comenzó Gideon, un amigo de mi hermano que un día, después de que asesinaran a toda su familia, decidió que prefería morir por su propia mano que por las de los nazis. Primero pensó en correr frente a los soldados, quienes siempre que alguien hacía un movimiento brusco, disparaban. Habíamos visto a muchos hacerlo, era una muerte rápida. Al acercarse a la reja que dividía el gueto, notó que la tierra estaba removida, la habían perforado para incrustar los postes. Esa noche comenzó a cavar un túnel. Al poco tiempo se acercaron otros que, sin necesidad de explicaciones, tomaron una rama seca, un tenedor viejo, cualquier cosa que sirviera.

Excavábamos toda la noche. Teníamos que taparnos con alguna tela, un saco para guardar granos, lo que sirviera para no ensuciarnos, ya que si al día siguiente los soldados nos veían llenos de lodo levantaríamos sospechas. A veces, en las noches calurosas, escarbábamos casi desnudos. Antes del amanecer tirábamos la tierra entre las casas. Nosotros conocíamos mejor las calles enredadas del gueto. Además, los soldados trataban de no meterse muy adentro porque el olor les parecía insoportable.

Una noche, Gideon regresó muy emocionado. Había llegado al final, por un agujero logró ver un pedacito del cielo que envolvía la libertad. Ahora debíamos esperar a que hubiera luna nueva. Faltaban cuatro días.

Solo cabía una persona a la vez. Se arrastraba por el hueco como topo, cuando desaparecían sus pies, entraba el siguiente. Mientras tanto los demás esperábamos asomados a través de las casas, escondidos entre maderas o debajo de alguna carreta rota y abandonada.

Yo me quedé atrás. Esa primera noche salieron veintisiete personas. Estaba furiosa. Habían sido lentos y por eso empezó a clarear y los demás ya no alcanzamos a escapar. Ahora tendríamos que esperar, con el peligro inminente de que descubrieran el túnel.

La siguiente noche volvimos, uno por uno. Cuando veíamos los pies del anterior desaparecer, corría el siguiente.

La voz de Irina tiembla, las palabras parecen esconderse para no seguir contando la historia. Sin embargo, cuenta.

Me arrastré los doscientos metros del túnel a oscuras. Aunque estaba ansiosa por ser libre, también me dio miedo. Mientras más avanzaba, más me faltaba el aire. Mi hermano, Gideon y los más fuertes del grupo se quedaron atrás, ellos iban a ser los últimos en salir, porque eran los más conocidos por los soldados y su ausencia sería muy notoria.

Por fin sentí el viento y me asomé a un cielo que me protegía, nublando sus estrellas para impedir que me alumbraran. Una voz me llamó y corrí a buscarla.

Tres amigas nos escondimos en el bosque. No veíamos a los que habían salido la noche anterior, pero ya nos habían dicho que una vez afuera, cada uno tendría que buscar la forma de sobrevivir. Sentíamos frío y hambre. A lo lejos vimos una pequeña granja y decidimos escondernos ahí. Quizá podríamos encontrar un huevo o algo de la comida que les dan a los puercos. A través de una ventana se veía la flama de una vela, una por una pasamos con cuidado y nos metimos en el establo. Un caballo viejo relinchó, pero logramos calmarlo con unas palmaditas en la cabeza. Agotadas nos envolvimos entre la paja y nos quedamos dormidas. De pronto me despertó el crujido de la madera de la puerta. Me hundí más entre la paja, me temblaban las piernas y los dientes. No sé cuánto tiempo pasó cuando el olor del pan recién horneado hizo que me crujiera el estómago. Al abrir los ojos, pude ver la cara de una mujer vieja. *Herauskommen*, repetía, y aunque yo no hablaba alemán, por los movimientos de sus manos entendí que estaba diciendo «salgan». Una a una, mis amigas sacaron la cabeza. Nos sacudimos un poco y nos quedamos mirando a la vieja. ¿Gritaría?, ¿llamaría a alguien más? Estábamos en sus manos. Cortó tres pedazos de pan, los untó con mantequilla y nos dio un trozo a cada una. Hizo una señal para que no habláramos y con la mirada nos hizo saber que no saliéramos. Es increíble cómo las personas nos podemos entender tan solo con la luz de las pupilas, la mueca de una boca y el miedo compartido. Justo cuando la noche se clavó profunda, la vieja volvió a entrar, traía tres bultos de tela, en cada uno había puesto pan, unos trozos de queso y un poco de mantequilla. Nos hizo la señal de la cruz en la frente susurrando, *Gott segne dich*, y nos pidió que saliéramos. Muchas noches pienso en ella, ¿por qué decidió salvar a tres prófugas, aunque pudiera costarle la vida?, ¿quién vivía en su casa que tanto miedo le daba? Nunca lo voy a saber, supongo. Lo más triste es que ni siquiera le pregunté su nombre.

Sin entender por qué no llegaban Gideon, mi hermano y los jóvenes que habían quedado atrás, comenzamos a caminar. Poco tiempo después encontramos un grupo que había huido de otro gueto, al que ya se habían unido algunos amigos de Novogrúdok. Fue ahí donde supimos lo que había ocurrido.

Irina cierra los ojos y recrea la narración del joven que, lleno de adrenalina, terror y heroísmo, les contó como él y otros cuatro partisanos habían tomado presos a unos soldados alemanes a quienes quitaron sus armas y sus botas. Mientras estaban debatiendo si matarlos o dejarlos ir, uno de los soldados, al parecer feliz por su hazaña, les narró cómo unos días atrás él y sus amigos habían visto salir una cabeza de un túnel. Le describió cómo estaban borrachos y decidieron jugar: Fue tan divertido ver la cara de asombro de la rata judía que apenas se asomó recibió un balazo en la sien, exclamó divertido. El siguiente sacó la cabeza, sin estar seguro de lo que estaba ocurriendo y también le disparamos. Entonces escuchamos gritos, seguramente advirtiendo a los otros que se regresaran. Sin pensarlo dos veces tomé el tanque de gasolina que llevábamos en el auto, lo vacié en el agujero y lo encendimos. Los alaridos ahogados por la tierra apenas se escuchaban, pero el olor a piel carbonizada nos llenó de gozo.

El joven partisano no había podido contener la furia, esperó unos segundos con la pistola frente a los ojos muy abiertos del nazi. Esperó a que dejara de narrar, después a que, al sentir el metal frío en su frente, dejara de reírse. Lo dejó temblar unos minutos envuelto en sus excrementos y le disparó entre los ojos.

Irina detiene el relato. Avram comprende que debe dejarla descansar. Unos días más tarde cuando se encuentran después de cenar ella sigue hablando, como si no hubiera pasado tiempo.

Continuamos caminando con los que habíamos logrado salir, al poco tiempo encontramos a un grupo de partisanos y nos unimos a ellos hasta aquella tarde en la que nos cruzamos con Lev. Después, una emboscada. Después, los gritos. Después, la espalda de Rajmiel. Después, tú.

Se queda en silencio y baja la mirada. Avram la acaricia y termina la frase que Irina había dejado inconclusa: Después la vida, juntos, Para siempre. Y por primera vez besa a la que sería su esposa el resto de la vida, aunque el final quizá llegara en unas horas.

Irina tenía dos vestidos, usaba uno mientras lavaba el otro. Uno era café, el otro cree recordar que había sido de un color claro, quizá beige, pero ahora eran iguales. En tiempos de calor los llevaba con mangas cortas, cuando empezaba el frío se ponía por debajo una camiseta de lana, la misma desde que tiene memoria. En invierno, cuando las temperaturas bajaban a menos veinte grados, usaba un abrigo de su mamá. Evoca esa tarde en la que su papá llegó feliz con una caja muy grande, adentro, un abrigo hermosísimo con cuello de piel de zorro. Toma, le dijo a su mujer, te lo hice para que nunca vuelvas a tener frío. Fueron buenos tiempos. Hoy vuelven teñidos por el tormento de lo que ha sucedido después.

Irina saca los dos vestidos, los pone encima del colchón tratando de ver cuál está menos viejo para su boda. Una de las niñas con las que comparte la *zemlyanka*, una chiquilla de apenas nueve o diez años, se acerca a un bulto de tela. Irina no recuerda haberlo visto antes, pero en realidad se fija poco. La niña toma a la futura novia de la mano, abre el bulto y saca un vestido blanco bordado con hermosas flores.

Es lo único que sacó mi mamá cuando escapamos; desde que nací, empezó a bordar para hacerme un ajuar. Estaba en un baúl, pero muy pronto empezó a ser demasiado pesado, así que envolvimos todo en una sábana. Su ilusión era verme de novia. Murió hace un mes. Tenía una tos terrible, en los últimos días escupía sangre. Saqué un pañuelo para que lo usara, pero dijo que de ninguna manera, la única sangre que manchará esas flores será la de tu pureza, esas fueron casi sus últimas palabras. El ajuar ha perdido sentido, si tenemos que volver a huir seguramente lo dejaré atrás, pero lo veo cada noche porque conserva el olor del cuerpo tibio de mi madre, porque en cada flor sigo viendo sus pupilas y sus manos tan pequeñas bordando ilusiones. Toma, le dice a Irina, extendiendo el vestido, úsalo tú, al menos alguien lo debe de aprovechar. Irina se niega, te lo pondrás tú cuando seas mayor. La niña cierra el bulto y mira a Irina con la absoluta certeza de que jamás llegará ese momento. Deja el vestido encima de la cama y sale del cuarto.

Dos semanas de alegría. Es necesario pensar en otra cosa que no sea tan solo sobrevivir. Los músicos preparan sus instrumentos: un violín, un acordeón y un pandero. Los recolectores roban tres becerros de unas granjas cercanas y las cocineras hacen deliciosos platillos y un pastel de boda decorado con flores naturales. Un día antes del evento, los amigos de Avram y las amigas de Irina los llevan por separado a diferentes orillas del río Dniéper. Ahí desvisten a los futuros novios como se hace con un rey y una reina. Irina camina hasta que el agua helada cubre su cuerpo y se sumerge siete veces. Con cada inmersión sus amigas dicen un rezo. Avram hace lo mismo. La *mikveh* debe purificar el cuerpo y el alma para que el *chatan* y la *kallah* que ahora contraen matrimonio se unan con las bendiciones divinas.

Todos participan en el evento con una alegría desbordada. Los habitantes que no son judíos celebran con entusiasmo y tratan de repetir las palabras en hebreo de los rezos. Es curioso cómo la cercanía de la muerte hace más brillante la vida. Irina y Avram recuerdan lo que les dijo su líder cuando llegaron por primera vez al campamento: No hemos venido aquí a comer y a regocijarnos, estamos aquí para sobrevivir.

Y, sin embargo, esta mañana es de fiesta. Y el líder también goza.

Para que pueda haber una boda se necesitan los anillos que sellen el pacto entre los enamorados. Irina había intentado tejer unas alianzas con el cáñamo de plantas acuáticas del río Dniéper, pero cada vez que trataba de ponérsela, se desbarataba. Tendría que conformarse sin anillos. De todos modos, la unión con Avram se había sellado aquel día en que al abrir por primera vez los ojos con el firme propósito de pedir que la dejaran morir se encontró con una nueva vida. Solo Avram podía entenderla porque él también fue cadáver enterrado bajo los cuerpos de sus seres amados, porque él también optó por respirar una vez más y después otra, y dejar en aquella fosa el odio que es ácido y corroe, y caminar hacia adelante, aunque ahí solo hubiera desconcierto. Si Avram la miraba pidiéndole que viviera, ella lo haría.

Los partisanos del grupo y muchos granjeros de los pueblos cercanos que se sentían parte de la comunidad se reúnen junto a la *jupá* que construyen con ramas de árboles y hierba seca. El silencio estremece las hojas cada día más amarillas, hasta los pájaros parecen callar mientras el rabino Shlomo Chusiel surge entre los árboles. Se escucha primero su voz, el canto que parece invocar el gemido de los milenios, el rezo que es súplica, que es rendición, pidiendo a Dios todopoderoso que bendiga a la pareja que se une en matrimonio. Brotan pañuelos que intentan cubrir el llanto propio, el que no es de felicidad por los novios, el que emana por los ausentes, por los que en ese mismo instante toleran tormentos inimaginables. Pero no, hoy no se debe sufrir. Es momento de regocijo, queda el resto de los tiempos para llorar.

Al llegar a la *jupá*, Rab Shlomo detiene su canto. Aparece Avram, que camina tomado del brazo de Asael. Su jefe, su salvador, su hermano. El novio mira hacia arriba, agradece y ruega que Dios esté presente y cumpla sus súplicas. Se detiene, gira y ve acercarse a la mujer que amó desde las tinieblas de la muerte. Avanza Irina del brazo de Rajmiel, quien le dio esta segunda vida. Da dos o tres pasos y sus rodillas flaquean cuando una visión creada por las sombras del bosque la hace ver a su padre. Emite un sollozo y Rajmiel, que entiende perfectamente lo que está sucediendo, le dice al oído: Sí, ahí está, orgulloso de ti. Tú contarás su historia y tus hijos continuarán su linaje. La novia se yergue y marcha con pasos firmes para acercarse al hombre que ha decidido amar hasta su último aliento.

Cuando el rabino declara que ha llegado el momento de intercambiar alianzas Irina baja la cabeza, pero Avram saca de la bolsa de su saco dos hermosas argollas de oro. La mujer no sale de su asombro cuando el esposo coloca el anillo en su dedo índice.

Para sellar el matrimonio, Avram coloca una taza de barro en el suelo y con un fuerte pisotón la hace añicos. Todos gritan *¡Mazal Tov!* y comienza la música, el baile, el alcohol que corre por el lugar sin que se puedan explicar de dónde salió. Hay algarabía, risas, abrazos y felicitaciones en torno a tres instrumentos que tocan música festiva y alegre, pero silenciosa. Se han acostumbrado a no hacer demasiado ruido.

Suben a los novios en dos sillas y allá arriba, muy cerca de las estrellas, se dan su primer beso en público. Aumentan las risas, el baile sigue hasta que aparecen las primeras luces de una madrugada que se presiente diferente. Si el amor puede traspasar el lodazal creado por el rencor y el miedo, si dos personas que han visto la muerte asfixiando sus cuerpos pueden generar tanto amor, entonces los que están perdidos son aquellos que odian.

Avram carga a Irina a través de la cortina que cierra la entrada a una cabaña que le construyó en las semanas previas a la boda. Aún no tiene puerta, pero la tendrá. Adentro hay un colchón fabricado con pasto seco y telas, hay incluso un florero de barro con una flor. Los nuevos esposos se desnudan lento, permitiendo que la luz de la vela ilumine cada espacio que ahora llenará el otro. Avram se hinca para desabrochar las agujetas de las botas que lleva su novia, en el trayecto besa la línea hueca que une sus pechos con el pubis, el vello rubio tiembla con el vaho del amante. Besa sus ansias, besa su entrega. Irina se recuesta y permite que la unión sea total, esa unión que comienza cuando tantas vidas terminan. Terminan quizá para permitir que ellos, hoy, se vuelvan uno.

Al despertar, Irina se da cuenta de que Avram la mira. Recorre su mejilla con las yemas de sus dedos y sonríe: Eres tan hermosa, le dice. Irina observa el anillo de oro en el dedo de su esposo. ¿De dónde?, pregunta. Avram ríe y le cuenta que el viejo zapatero le pidió a Zuche, el joyero, que le quitara sus amalgamas de oro para convertirlas en las alianzas de los nuevos novios. Si ellos logran casarse, le explicó, entonces los demás podremos vivir. Lo único que necesitamos para seguir luchando es saber que la vida continúa y que se puede ser feliz. Irina recuerda haber visto entre el baile y las copas levantadas, la cara del zapatero. Era la más sonriente de todas.

Llegó el invierno, leo en uno de los cuadernos de Rajmiel, *con la nieve y los vientos helados llegó también el tifus. Comenzó en los cuerpos más débiles, que duraban poco entre temblores y fiebres. Pero no se detuvo. Al poco tiempo Avram también enfermó.*

Llegó el invierno, leo, y de inmediato voy a revisar en Google las fotografías que existen de los inclementes inviernos rusos, temperaturas que no se soportan ni siquiera hoy, que tenemos ropa especial y chamarras de plumas. Ellos, más de 1200 seres humanos apenas cubiertos con unos andrajos, algunos con la suerte de tener un raído abrigo de lana, otros con uno robado a un cadáver, amigo o enemigo, da igual, viven en *zemlyankas* de madera que no logran impedir que se filtre el aire helado. Pero la palabra clave es «viven». Para enero de 1943 todos aquellos que permanecieron en el gueto habían muerto o estaban en campos de concentración. Muchos de los que decidieron huir a los bosques siguieron vivos.

Llegó el invierno, narra Rajmiel. *Logramos conseguir unas medicinas en un campamento nazi. Los soldados alemanes también tenían frío, aunque sus uniformes eran nuevos y más calientes. Los tomamos por sorpresa, disparamos con ametralladoras que ellos mismos habían fabricado, armas alemanas despedazando cuerpos de niños arios. Eran eso, apenas unos jovencitos, igual que nosotros, pero en el lado opuesto de una guerra absurda. Sin embargo, el antisemitismo clavado en sus vísceras era imposible de eliminar. Esa noche murieron dieciséis alemanes y dos de los nuestros.*

Llegamos al campamento apenas iluminado por algunas fogatas. Entre el crujir del viento helado se escuchaban las toses de los enfermos, el grito ensordecido de alguien que veía morir a un ser querido, el llanto de un niño. Quedó lejos la música de una boda que fue de todos, porque en ella pusimos nuestra esperanza en el fin de la guerra y a los rezos del rabino unimos los propios, para ver si así llegaban al lugar correcto. Se acercó Irina caminando lento. Me abrazó. Avram está muy mal, tiene fiebre, le duele el cuerpo y está cubierto de llagas. Al entrar a la cabaña que mi primo construyó con tanta ilusión, apenas logré distinguir sus facciones fuertes. Tirado en el colchón

vi a un viejo de veintiún años. Me acerqué sin enseñarle mi miedo.
Le di la medicina como me habían dicho que debía hacerlo. Hay que
darle tres dosis y esperar a que su cuerpo decida reaccionar. No más.
Para no desperdiciar.

Irina y yo salimos para dejarlo que descansara. Nos sentamos
junto a una fogata. Me dio una taza de café y antes del primer sorbo
me dijo: Estoy embarazada. Usamos toda la protección, todo lo que me
recomendaron, pero no funcionó. Callamos porque no había nada
más que hablar. Meses atrás Asael había advertido que no podían
nacer más niños, explicó que ya éramos demasiados y que tener bebés
en el campamento implicaba poca movilidad, llantos delatores, en-
fermedades. Los niños que estaban serían protegidos, pero si alguna
mujer quedaba embarazada sería responsabilidad de ambos padres y
tendrían que salir del campamento.

Por ahora no hables, le dije por fin. A ver qué pasa. Irina me
abrazó y lloramos. Me dolió no poder celebrar lo que tendría que ser
una bella noticia.

Cierro el cuaderno. Imagino el horror que debió de haber
sentido la mujer al darse cuenta de que no llegaba su periodo. Imagino cuánto tuvo que haber rezado para que no existiera ese hijo.

Decido seguir leyendo, aunque no puedo borrar de mi cabeza
ese instante.

Hoy Avram por fin pudo caminar. Han pasado dos semanas.
Quince personas murieron, aun con la medicina. Mi primo ha per-
dido mucho peso y su piel gris se adhiere a los huesos como una tela
vieja, pero está vivo.

El lápiz de Rajmiel aprieta con fuerza, quiere que la palabra
«vivo» permanezca, aunque todo lo demás se borre con el tiempo.

Cuando Irina lo vio recuperado, decidió darle la noticia. Yo me
alejé para dejarlos hablar solos. Vi de lejos que Avram la abrazaba,
parecía emocionado, pero después me di cuenta de que estaba aterrado.
Irina caminó hasta un grupo de hombres entre los que se encontraba
Asael. Lo separó de los otros. Avram se quedó inmóvil.

Vi a Irina acercarse a Asael, escribe Rajmiel, *sus pasos tan fir-*
mes, su cabeza en alto, sus manos abrazando un naciente abdomen,
casi imperceptible. Nadie escuchó lo que la mujer le dijo. Los que
estábamos poniendo atención logramos ver la cara de furia del líder,

la tranquilidad de ella. Poco a poco Asael se fue calmando y al final,
con lágrimas, abrazó a Irina.

La mujer regresó. No quiso decir lo que había ocurrido en la
conversación, solo dijo: Le prometí al jefe que en cuanto nazca nos
alejaremos del grupo. Pero este niño quizás llegue cuando la guerra
haya terminado y seamos libres, y yo estoy dispuesta a dar mi vida
por verlo.

El 23 de septiembre de 1943 entran al campamento treinta
fugitivos del gueto de Baranovich. Alguien le avisa a Avram que
llegaron personas de su pueblo y corre a verlos. Rajmiel ya está
ahí, libreta en mano. Pero la alegría de los primeros instantes de
encontrar con vida a tantos conocidos se empaña con cada giro
de cabeza que niega las preguntas: *¿Itzac?, ¿Mordejai?, ¿la fami-*
lia…?, ¿mi primo…? Una y otra vez bajan la mirada con el pesar
de traer a cuestas tanta tristeza, tanta muerte.

Acomodan a los viejos y a los niños para que coman y des-
cansen. Las mujeres de inmediato ofrecen asistir. Asael sabe que
el campamento está rebasado, ya no hay forma de cuidar a más
personas desvalidas. Y, sin embargo, ha prometido que nunca va
a negar ayuda a alguien que lo necesite. Los demás no están con-
tentos con la decisión, otra persona significa menos sopa, menos
espacio en el refugio, más posibilidades de ser descubiertos.

Rajmiel se queda platicando con Zvi, un vecino, alguien que
fue su amigo hace tantas vidas. El recién llegado le cuenta lo sucedido: Quedábamos cien en el gueto, ya habían matado a los
enfermos, a los más débiles y sabíamos que seríamos los siguientes. Zvi traga saliva: Llegaron al gueto tres partisanos con la mi-
sión de sacar judíos, nos explicaron que las *aktions* se estaban
volviendo cada día más numerosas. Para finales de año no que-
dará ni un solo judío vivo en Rusia o Polonia, nos advirtieron. La
única oportunidad era escapar esa misma noche. Aun así, no todos quisieron salir. Había muerto Rab Mendel, y el rabino que
lo sustituyó era un hombre cerrado e ignorante que nos daba ser-
mones en los que explicaba que Dios tenía un plan divino, que
Él nos salvaría. ¿Dios?, Zvi eleva la voz, su cara se llena de furia,
¡claro!, nos va a salvar ese mismo Dios que permite que cada día

claven bebés en bayonetas, que maten mujeres a golpes. ¿Por qué nos salvaría a nosotros? Pero ¿sabes, Rajmiel?, es cómodo suponer que somos especiales y por eso seremos expiados. Esa noche salimos 42. Algunos murieron en el camino, pero al menos murieron libres. He visto la mirada de los asesinados por los nazis y siempre es de angustia, de terror, de tristeza. Los que murieron caminando entre los árboles para llegar aquí tenían una sonrisa en las pupilas. Te lo juro.

Rajmiel y Avram ya habían recibido noticias de la muerte de sus hermanos. De sus papás no tenían informes. La última vez que hablaron con alguien que los conocía les dijeron que los habían llevado a unos campos de trabajo. Al menos no los habían fusilado. Cada vez que llega alguien nuevo tienen la esperanza de escuchar que siguen vivos. Zvi confirma lo que ya saben: los subieron a un tren, al parecer iban a un lugar llamado Koldichevo, dicen que no es tan malo, solo los hacen trabajar, pero tienen comida. Seguro están bien, dice el amigo, cansado de dar malas noticias.

Rajmiel sigue preguntando, entonces recuerda a su prima Ana. Un poco antes de la invasión alemana ella había escapado a Francia; quería llegar a Nueva York. Rajmiel veía la emoción que se dibujaba en las caras de sus papás cada vez que los invitaban a leer una carta de Ana. Recuerda el día en que leyeron que finalmente había conseguido un boleto en un barco llamado Le Mexique que no la llevaría a Nueva York, pero sí a América.

Avram y Rajmiel se contagiaron del entusiasmo de su prima. Ellos también querían subirse a un enorme barco para cruzar el océano que divide al mundo entre una vida de opulencia y una de persecución. Recuerda muchas tardes en las que, junto a un samovar y galletas hechas por Minke, los primos platicaban. Ana, pocos años mayor, les explicaba que iba a estudiar en la Universidad de Columbia, les prometía que en cuanto ella juntara dinero los ayudaría a salir del gueto.

Hoy, Rajmiel imagina a su prima en un barco o quizá en las calles de alguna bella ciudad. La imagina libre y feliz. Quiere creer que algún día volverán a conversar con las caras empapadas por el humo de un té hirviendo. Se pregunta qué habrá sido de sus tíos, Minke y Yankl. ¿Estarán también en Koldichevo?

1940. México

Moishe llegó a su casa con dos hermosas colas de zorro, una blanca y otra café. La última moda, alardeó con su mujer, que las miró sin comprender. Moishe le mostró la fotografía de una revista en la que la actriz Rita Hayworth llevaba una piel igual a la que ahora colocaba en el cuello de su esposa. Ella agradeció, lo abrazó y regresó con mucho cuidado el regalo a la hermosa caja en la que venía envuelto. Te pido que las devuelvas y usemos el dinero para traer a mi familia.

En esos momentos Baranovich estaba bajo el dominio del ejército rojo y, aunque eran unos bárbaros, al parecer a Yankl y su familia no los molestaban demasiado. Las pocas cartas que habían llegado en fechas recientes hablaban de poca comida y un gueto cada vez más cerrado, pero un día a día bastante soportable. Ustedes no se preocupen, decían siempre al final, nosotros estaremos bien.

Moishe confiaba en que muy pronto Inglaterra lograría detener a Hitler y que todo volvería a la calma, entonces sería fácil traer a quienes esperaban. En las calles de México se escuchaban rumores, pero los rumores no sangran, no desmayan de hambre, no apestan.

Ana suplicó. Presentía que las horas estaban contadas y tenía razón, la «solución final» de Hitler entraría en vigor poco después, y los judíos que habían logrado sobrevivir en Rusia serían masacrados.

Moishe hizo caso a la intuición de su esposa y se abocó a buscar la forma de traer a su familia política lo antes posible. En su cabeza estaban también sus hermanas, pero por ahora dedicaría sus esfuerzos para lograr la salida de sus suegros y cuñados.

Desde 1936, el artículo 87 de la Ley General de Población de México prohibió el acceso a todos los comerciantes, excepto si se dedicaban a la importación. Para 1937 comenzaron a poner cuotas de entrada para quienes quisieran inmigrar de Europa del

Este. Moishe se enteró de que la comunidad judía de México había enviado una solicitud al presidente para que permitiera la entrada de 15 mil judíos polacos bajo la promesa de que formarían un nuevo asentamiento en Durango, con dinero y manos para trabajar fuerte y desarrollar la ciudad. Pensó en unir a su familia política a este grupo, sin embargo, la petición fue negada.

En 1940, el presidente Lázaro Cárdenas ordenó que solo se permitiera la entrada de españoles y europeos de occidente. En el artículo 13 de la Ley General de Población se especificaba que si las personas procedían de países en los que eran perseguidos podrían entrar, pero se analizaría cada caso de forma particular. Moishe trató de conseguir el visado para sus suegros y cuñados. Al principio buscó hacerlo por el camino legal. Cada mañana iba a las puertas de las diferentes secretarías, en cada una lo recibía primero una empleada, después otra, finalmente lo mandaban con alguien de rango más elevado, un hombre, por supuesto, y este le solicitaba papeles, cada vez más y más papeles imposibles de conseguir desde un país en guerra. Actas de nacimiento, de matrimonio, certificados de salud firmados por un médico. Era evidente que los burócratas mexicanos no tenían ni idea de lo que estaba ocurriendo en Rusia, ni en el mundo.

Algún día escuchó el nombre de Gilberto Bosques, cónsul general de México en Marsella. Pensó en él como posible salvador, pero las visas para los judíos europeos tardaban demasiado tiempo; había escuchado historias de terror en las que negaban la visa a alguien porque el apellido estaba escrito con «Y» en vez de «I» latina. La justificación era que, si otorgaban una visa con ese error, al llegar a México no les permitirían la entrada. Y quizá era verdad, pero Moishe no tenía tiempo para perderlo en ires y venires. Se daba cuenta de que Ana tuvo razón. Hitler escupía su furia y el mundo aplaudía.

Entonces comenzó a indagar por las calles del Centro de la Ciudad de México. Alguien en secreto le dijo el nombre de alguien más que lo llevó a un lugar escondido en las calles aledañas a la Alameda. Ahí, un hombre parecido a Quasimodo le dijo que podría conseguirle visas por una cantidad tan estrambótica que Moishe pensó haber oído mal.

Escuchó bien. Lo que había recobrado por las colas de zorro y algo más que tenía ahorrado, lo que Max le ofreció prestado y la venta al costo del último lote de válvulas que pensaba vender al triple del precio de compra le alcanzaban para siete visas y los boletos de tren y de barco. Podrían venir Minke, Yankl y cinco hijos. Sin embargo, Roze y Samuel, que ya tenían dos hijos, tendrían que esperar un poco.

Moishe llegó a su casa con los documentos listos. El dinero que había pagado incluía el «donativo» que se daba a los soldados rusos que «cuidaban» el gueto. El intercambio se haría a través de Sokolov, quien intentaba sacar al mayor número de judíos antes de que llegaran los alemanes que, ya se sabía, buscaban quitar Baranovich lo antes posible a los rusos.

Ana estaba durmiendo a sus dos hijas. La tercera, y estocada final para mi abuelo, tardó varios años más en llegar. Ella es mi mamá y mi zeide siempre se avergonzó de haber llorado el día en que le dijeron que había nacido su tercera niña. Pero esa es otra historia. Ana dormía a sus hijas cuando escuchó a su marido chiflar como siempre lo hacía cuando algo lo colmaba de alegría. Batiendo en la mano los documentos, le informó que sus papás y hermanos estarían en camino en unos días. Las lágrimas de alegría y agradecimiento se tornaron en angustia cuando supo que vendrían todos menos Roze. Hay tiempo, le dijo Moishe, será cuestión de unos cuantos meses, ya vienen otros cargamentos de tubos y muy pronto voy a conseguir el dinero.

Mi babi me cuenta que desde el primer momento supo que jamás volvería a ver a su hermana: Probablemente lo intuí desde el día en que mi mamá me entregó el anillo de bodas, ¿Tú crees que ella también lo presintió?, me pregunta, mientras abre y cierra la caja de plata sobre la argolla de plata y se va lejos. Yo creo que nadie pudo imaginar lo que iba a ocurrir, le contesto. Y ella me mira y sonríe.

¿Qué podemos entender quienes tan solo conocemos la guerra en libros y películas?

La «solución final al problema judío», *Endlösung der Judenfrage*, se implementó en enero de 1942, después de que los dirigentes nazis definieran sus términos y procedimientos en la Conferencia de Wannsee.

Con ella, de un plumazo, en tres años se acabó con dos tercios de la población judía en Europa.

Estos son solo números. «Un muerto es una tragedia, un millón de muertos es una estadística», dijo Stalin, y la historia le ha dado la razón. Por eso, en mi familia nunca se ha permitido que la muerte de Roze, sus dos hijos y su marido Samuel quede revuelta entre las cenizas de seis millones de víctimas. Ella, su fotografía, sus lágrimas, han trascendido en el tiempo y yo, que jamás la conocí, he llorado muchas veces su tragedia. Mi abuela la recordó cada día. Moishe se cuestionó si pudo haber hecho algo más. ¡Pero estaba tan seguro de que había tiempo, y era tan difícil conseguir dinero! Las vidas de aquellos que llegaron a México gracias a las colas de zorro se celebraron con entusiasmo, pero esa gota de dolor, que como tinta en agua se expande en las noches frías cuando las dudas nos aprietan, esa nunca ha dejado de asediar.

1941-1946. Odesa-México

Cada muerto debería tener su historia escrita. Su nombre representado con palabras que permitan que trascienda su vida después de la muerte.

Eva y Masya, las hermanas de Moishe, con sus maridos y sus hijos, esperaban en Odesa noticias de su viaje a América. No llegaban cartas, por lo que la demora se volvía cada día más angustiosa.

El rumor de la invasión nazi a Rusia irrumpió en las calles de Odesa, de inmediato miles de personas cargaron sus pertenencias en carretas. Familias enteras huían por un chisme que se presentía demasiado serio para ser ignorado. Más de ochenta mil judíos escaparon a pueblos aledaños intentando cruzar las fronteras hacia Grecia o Turquía, países que aún no estaban ocupados. Esa tarde Yosl, el esposo de Eva, entró a la casa decidido a convencer a su familia de que huir era la única alternativa, había escuchado en las reuniones clandestinas que la comunidad se había organizado para buscar soluciones y ayuda. Era cuestión de días para que las tropas alemanas invadieran la ciudad.

Su cuñado no estaba de acuerdo: Somos demasiados judíos viviendo aquí, nuestras manos son necesarias para los trabajos más duros, nunca se van a deshacer de todos. Es verdad que en otros pueblos han ocurrido masacres, pero Odesa es diferente, es la perla del Mar Negro y ni siquiera Hitler se atreverá a violentarla.

La discusión continuó sin que ninguno de los hombres pudiera escuchar al otro. A la mañana siguiente, Yosl cargó la carreta con sus pertenencias, subió a su mujer y su hija de tres años y se despidió con un abrazo de sus cuñados; en el corazón de cada uno clavada la esperanza de que el otro sobreviviera. En la mente de cada uno, la nube de las premoniciones oscuras. En ese momento al parecer era un volado. Hoy, cuando conozco la historia, quiero gritarle a Masya que convenza a su marido de que salgan corriendo, que no espere a ese funesto octubre en el que entrarían las tropas rumanas devastándolo todo, disparando a quien estuviera en la calle, apresando judíos como si fueran peces en un río revuelto.

Murieron casi todos. Algunos fusilados ahí mismo, otros torturados o en trabajos forzados. El resto, deportados a campos de exterminio. Aunque hay muchas historias que narran cómo murieron Masya, su esposo y su hijo, en realidad es una más de las millones que existen. Todas terminan en el mismo dolor, en el mismo cuestionamiento: ¿Por qué hubo y hay seres humanos capaces de cometer esas atrocidades? ¿En qué momento nos convertimos en monstruos? ¿Qué parte del cerebro de un ser humano se funde para permitirle azotar niños contra la pared frente a sus padres, encerrar a otros seres, tan humanos como ellos, en sinagogas y prenderles fuego?

Mi abuelo nunca quiso saber la verdad. En esas historias las verdades son muchas y todas supuran.

Yosl, Eva y su hija llegaron a la frontera al sur de Francia, ahí los escondieron Bernard y Hélène Dubois, unos campesinos. No se supo mucho de estos años; enviar una carta era prácticamente imposible y, si se hubiera podido, de ser interceptada impondría una sentencia de muerte para todos. Tiempo después había nacido un niño, los señores Dubois que en un principio aceptaron esconderlos tan solo unos días terminaron por pedirles que se quedaran. Las risas de los niños eran la única forma que encontraban para eclipsar, al menos por momentos, el dolor de haber perdido a su único hijo cuando lo reclutaron para pelear en el frente. Eva ayudaba en las labores del hogar y Yosl trabajaba en el campo y en cualquier tarea que necesitara el señor Bernard. Transcurrieron cinco años.

Un día escucharon gritos de alegría, todas las casas del pueblo cercano abrieron sus puertas y los habitantes salieron a celebrar el fin de la guerra. Alemania había perdido y ahora eran libres. Yosl y Eva abrazaron a sus hijos y por primera vez lograron verlos sin el terror a perderlos. Bernard y Hélène también los abrazaron. Sus lágrimas, quizá mezcladas con alegría y tristeza. Sabían que era cuestión de semanas para que Eva y Yosl, que eran ahora su única familia, partieran con los suyos.

Escribieron cartas a todas las direcciones que recordaban, también a las dos más importantes que tenían anotadas y guardaban con el máximo cuidado, una en México y otra en Nueva York.

La despedida fue triste; gracias a esos viejos campesinos habían sobrevivido. Les dolió dejarlos nuevamente solos, pero después de tanta muerte, lo único que querían hacer era estar entre los vivos. Sus vivos. Prometieron escribir y nunca dejaron de hacerlo hasta que, años después, ya no hubo respuesta.

Cuando mi abuelo recibió la noticia de que su hermana, su esposo y dos hijos estaban vivos, comenzó a tramitar los papeles necesarios para su traslado. De nuevo había reunido suficiente dinero para comprar las colas de zorro y también sacar de Europa a su familia. Demasiado tarde para Roze y sus hijos. El «demasiado tarde» se incrustó en la zozobra de tantos.

Pero ahora no era momento de lamentarse.

Eran muchos los que estaban en la misma situación, queriendo salir del continente que olía a hoguera. Lo más rápido, averiguó Moishe, era viajar a Cuba y tramitar desde la isla los papeles, ya fuera para entrar a Estados Unidos o a México. Harry y Nathan consiguieron los boletos de avión y las visas de entrada a Cuba, que se otorgaban de inmediato siempre que hubiera dólares por delante. También abrieron una cuenta de banco y rentaron un departamento a nombre de Yosl; así tendrían a donde llegar en el momento en el que aterrizaran.

El plan era que volaran de París a Cuba. Empacaron todo lo que era suyo; un cambio de ropa, unas cobijas que Eva tejió para los niños y dos fotografías que siempre cargaban con ellos. Bernard los llevó al aeropuerto de París, recién remodelado después de que las fuerzas aliadas devolvieran al gobierno francés Le Bourget y Orly, utilizados como bases militares durante la guerra. La pareja estaba nerviosa de elevarse por el aire en un pedazo de metal. Habían visto algunos aviones de guerra desplomarse en llamas y las imágenes consumían sus pensamientos. Sin embargo, el pájaro de fierro parecía mejor opción en ese momento. Habían escuchado la terrible historia de un barco llamado el St. Louis, que apenas unos años antes había partido de Hamburgo hacia Cuba y, al llegar a sus costas, le denegaron el permiso para desembarcar. Hoy sabemos que a bordo iban 937 pasajeros, casi todos refugiados judíos. Los tuvieron esperando una respuesta mientras los comités de salvación trataban de negociar los permisos de entrada. Pero no hubo forma, y solo lograron desembarcar a veintiocho pasajeros. A los demás los regresaron a Europa, donde 254 murieron víctimas del Holocausto.

A pesar de que la guerra había terminado, aquellos que lograban conseguir una visa de entrada y podían comprar los boletos para viajar tenían pesadillas al pensar en el horror que debieron de haber vivido esas personas que, estando a unos cuantos metros de la libertad tuvieron que regresar a la hoguera. Eso ya no va a suceder, les decían, pero el terror tiene una forma de incrustarse en la razón.

Fulgencio Batista Zaldívar era el presidente de la isla que presumía el sol, las palmeras y unas enormes casonas *Art Nouveau, Art Decó* y lujosos automóviles del año. En el centro de la ciudad se levantaba, imponente, el capitolio de piedra caliza blanca y granito, un metro más alto que el de Washington, y con la misma ostentación de poder. Espejos venecianos y un ambiente napoleónico terminaron por asombrar a los visitantes que, a pesar de venir de Kiev y haber visto edificios elegantes y enormes, nunca habían contemplado un lugar como este. En especial porque su grandeza estaba todo el tiempo empapada de sol. En la primera carta que Moishe recibió de Yosl, su cuñado le describía las riquezas de Cuba casi como si le pertenecieran. Sin embargo, mientras ante el mundo Batista parecía llevar a la isla al mayor auge económico de su historia, en realidad la estaba sumiendo en una ruina de la que jamás ha logrado salir. Pero eso se supo mucho tiempo después y, para los recién llegados, el asombro y el agradecimiento eran indescriptibles.

Yosl consiguió trabajo de ayudante en un restaurante y poco a poco comenzaron a ahorrar. Moishe enviaba a su familia cincuenta dólares al mes, que en Cuba era una fortuna. Al poco tiempo se mudaron a un departamento más grande, en una zona mejor. Comían tres abundantes comidas al día, poco a poco recobraron los kilos perdidos y sus hijos empezaron a crecer erguidos y alegres.

Pasaron dos años en la isla, agradecidos por la abundancia y la libertad, pero añorando ver a su familia. Por fin consiguieron las visas; irían a México, ya que Estados Unidos seguía con cuotas muy rígidas para permitir la entrada a inmigrantes. Una vez más se subieron a un avión, el bimotor de PAN AM vuelo 566 que salió de La Habana hacia la Ciudad de México una mañana soleada. Al bajar, lo primero que vieron fue la enorme sonrisa de Moishe, recargado detrás de una barda que separaba a los pasajeros de quienes iban a recibirlos. Se abrazaron con la fuerza de quienes comprenden todas las pérdidas y, sin embargo, siguen celebrando la vida.

1944. Bosque de Naliboki-Cuba

El niño nacerá esa madrugada de mayo. Irina y Avram habían jurado a Asael que se separarían del grupo en cuanto llegara el bebé prohibido. Rajmiel les dijo que se iría con ellos. Desde que sobrevivieron al fusilamiento, los primos habían prometido permanecer juntos sin importar las circunstancias y, aunque separarse del grupo de partisanos implicaba un terrible peligro, estaban dispuestos a asumirlo para no romper su promesa. Juntos somos invencibles, les dijo Rajmiel una noche, un poco pasado de vodka y de entusiasmo.

Comienzan las contracciones. Irina va a buscar a su esposo que en ese momento habla con el general Vasili Yefimovich. Este hombre, conocido por todos como «Platón», había protegido a los partisanos judíos a pesar del reinante antisemitismo entre las tropas del ejército ruso que él comandaba. Platón sabía que lo único que disuelve el odio irracional es el instinto de supervivencia y, los partisanos de Bielski se habían hecho famosos por cuidar a sus miembros y tener muy pocas bajas, por lo que un gran número de rebeldes soviéticos se les habían unido. Ambos grupos se necesitaban para luchar en contra del verdadero enemigo, que eran los nazis. Una vez que terminara la guerra, tendrían que reacomodar sus resentimientos, pero por ahora lo importante era cooperar. Llevaban años destruyendo puentes, dinamitando vías ferroviarias, emboscando soldados alemanes y robando sus armas.

Avram ve a lo lejos acercarse a su mujer. Debe de ser algo muy importante, porque ella jamás interrumpiría una reunión con Yefimovich. A unos cuantos metros la ve doblarse y corre hacia ella. Las contracciones son cada vez más fuertes: Llevo así muchas horas, ya no tardará en nacer, le dice Irina con la voz entrecortada por el dolor. Entre los dos hombres la ayudan a caminar hasta su *zemlyanka*.

Afuera se empiezan a juntar los miembros de la comunidad, emocionados por el evento. Las mujeres entran y salen del refugio llevando consejos para la parturienta, hasta que llega el doctor y las saca, a todas menos a una vieja sabia que había sido comadrona en su *shtetl*, ayudando a nacer a más de cincuenta bebés, ¡Todos sanos!, presumía a quien quisiera escucharla. Llega también Asael, lleno de dudas y arrepentimientos por la ley que había impuesto, a pesar de que sabe que es la correcta. No se lo puede permitir y, sin embargo, este niño parece traer alegría y esperanza a un grupo cada día más cansado.

Está por nacer el hijo de quien se ha convertido en su hermano. Hay momentos en los que se cuestiona para qué ha servido toda la lucha si no puede llegar a ellos la felicidad de una nueva vida. Lo saca de sus pensamientos el primer llanto de Eitan, que apenas con unos minutos de vida lleva en su nombre, en su sangre y en su futuro la continuidad de la existencia del padre de Irina.

Todos aplauden y vitorean. Piden ver al nuevo miembro de la comunidad. Brindan y, como en cada celebración, aparecen dulces, frutas y la música del acordeón y el violín. Avram se asoma y muestra, envuelto en una manta, a su primogénito. No te preocupes, le dice a Asael, en cuanto Irina se recupere nos iremos.

Al día siguiente pasa a visitar al recién nacido. Encuentra a Avram empacando mientras la madre amamanta al pequeño que, por un instante, deja de succionar para mirar al jefe con los ojos vivos y amables de Avram. No se vayan, dice, ya veremos cómo manejamos la situación, de todos modos, no sabemos si amaneceremos mañana y hoy este niño nos hace creer en la vida. Avram lo abraza y agradece. Le promete que, si en cualquier momento el bebé implicara algún peligro para el campamento, él se encargará de llevarlos lejos.

El 22 de junio de 1944 tropas soviéticas atacaron Bielorrusia oriental y en seis semanas lograron destruir al ejército alemán. En este momento el grupo de partisanos estaba formado por más de 1200 miembros, organizados en talleres en los que trabajaban zapateros, sastres, carpinteros y herreros, además, habían construido un molino, una panadería y una lavandería. Se creó una enfermería, la escuela para los niños, una sinagoga e incluso un tribunal y una cárcel. En los terrenos aledaños cultivaban trigo y cebada.

Asael toca la campana avisando que deben reunirse en la sinagoga para recibir una noticia importante. Este será el último discurso del jefe: Han liberado Rusia, dice con la voz entrecortada, cada uno de ustedes ha soñado con este momento, con volver a su casa o viajar a donde alguien los espera. Somos libres, dice Asael, ahogado en las lágrimas que tantas veces soñó derramar. El grupo emite un grito de júbilo, por primera vez sin la inquietud de hacer demasiado ruido. Se abrazan, elevan plegarias de agradecimiento, cantan y, en algún momento, guardan silencio por aquellos que no están, por los que ya nunca podrán celebrar su libertad. Asael les dice que van a marchar juntos hasta Nowogródek, el pueblo más cercano. Esta será una marcha final, todos juntos porque así vivieron, así sobrevivieron. Se unen hombres, mujeres, ancianos y niños. Y un bebé.

Cada uno buscará cómo salir, cómo llegar a donde quizá los esperan sus familiares, o tan solo el vacío de tantas muertes. La guerra no ha terminado, pero los alemanes han sido derrotados en esas tierras y por el momento es seguro viajar. Deben escapar porque saben que muy pronto deberán enfrentarse a los soldados rusos, apenas ayer aliados y ya hoy hambrientos de sangre y con el antisemitismo a flor de una piel demasiado habituada a la muerte y el destrozo.

Todavía faltarán algunos meses para que en la primavera de 1945 Alemania se rinda ante las fuerzas aliadas, después de que el *Führer* se suicide en su Bunker el 30 de abril.

Una muerte más.

El saldo aproximado de los seis años de guerra es de entre cuarenta y cincuenta millones de víctimas. Cada uno de los que salen del campamento de partisanos tendrá que llorar una pérdida, probablemente varias. Muchos no soportarán la idea de seguir vivos mientras la tierra está tapizada de cuerpos. Cada uno de ellos carga una historia que se debería contar.

Los Wolloch llegan a lo que algún día fue Baranovich. No queda nadie judío en el gueto. Quienes no lograron escapar murieron en los campos de concentración. De una casa en las afueras de la barda se asoma Dimitri, un viejo encorvado, vencido por la vida, que sobrevivió por ser gentil y, sin embargo, dejó de vivir. Al ver a Avram de inmediato lo reconoce. El hombre sale de su casa y se avienta a los pies del joven, que no entiende qué sucede. Rajmiel se acerca para levantarlo, pero Dimitri no puede hablar, mira a los primos como si estuviera viendo espectros, y es que en realidad eso son. Se los llevaron, dice el viejo. Esas son sus primeras palabras, se los llevaron. Los jóvenes entran a la casa, le ayudan a preparar un té y dejan que se tranquilice antes de preguntar. El hombre les narra cómo los dieron por muertos desde aquella noche en que los subieron en el camión. Baja la mirada turbada por tantas emociones agolpadas: Sus padres, destrozados, jamás pudieron volver a sonreír y más tarde a ellos también se los llevaron, repite casi en un suspiro.

Las respuestas son cortas y llenas de dolor. Él había sido un buen amigo de sus padres y de su tío Yankl. Entonces abre los ojos, enormes y luminosos, corre a un mueble de madera roída por las termitas y de un cajón saca unas cartas: Las mandó Ana, dice emocionado, pero cuando llegaron, su familia ya se había ido. Todos menos Roze, susurra, ella no se pudo ir.

Rajmiel lee la carta, en ella su prima confirma que en los mensajes anteriores ya les ha enviado toda la información, solo quiere estar segura de que los han recibido. En la parte de atrás viene anotada una dirección, *Cuauhtemotzin 248, Ciudad de México*.

Salen de la casa de Dimitri para comprobar qué fue de sus pertenencias, cerciorarse de si es verdad que ya no queda nadie, de que sus casas ahora están habitadas por personas que se sienten las legítimas dueñas y quizá lo son porque pagaron a alguien un precio justo. A alguien que probablemente la robó de una familia asesinada o enviada a un campo de exterminio. No hay a quién reclamar. Prefieren dejar el pasado quieto, no vaya a ser que, al sacudirlo, salgan fantasmas que es preferible permanezcan enterrados.

Cuando Ana recibe la carta de sus primos no lo puede creer. A todos los que aún no habían aparecido para esos momentos, los habían dado por muertos.

Los trámites son rápidos. Moishe ya aprendió cómo conseguir visas y permisos, sabe a quién sobornar y a quién suplicar. Compra los boletos del barco que los traerá a México y a los ojos de su esposa que brillan con la ilusión de volverlos a ver. Quizá ellos, de alguna forma, logren cauterizar la herida abierta por la ausencia de su hermana.

Unos meses después Moishe los recibe en el puerto de Veracruz. Ya les tienen listos sus cuartos y trabajos. Los primos agradecen cada abrazo, sentirse nuevamente rodeados de familia, cada bocado de comida hecha en casa.

Durante tres años son felices en México, sin embargo, tienen la inquietud, sembrada por Arón, de ir a vivir a Israel; el nuevo país que acaba de nacer, tan frágil, tan imposible y, sin embargo, tan real. Si en el bosque de Naliboki lograron edificar una ciudad, en esas tierras podrían construir una nación grandiosa. Es ahí a donde queremos que crezcan nuestro Eitan y el bebé que está por nacer. Ana lo entiende, aunque le duele la separación y promete que irá a visitarlos muy pronto.

Rajmiel le dejó sus cuadernos. En ellos cuento nuestra historia, le dijo. Quiero que tú los conserves y quizá algún día se los des a alguien que quiera escribirla. Esta historia necesita una mirada lejana para poder ser contada sin odio, sin sed de venganza. Ahora yo empezaré nuevos cuadernos con la tinta fresca de la libertad.

Él se quedó en Tel Aviv, ya se había cansado de casitas improvisadas y trabajo de campo. Irina y Avram decidieron vivir en el kibutz Degania, el primero que se había formado en Palestina, en 1909, y que seguía siendo un ejemplo de trabajo colectivo inspirado por la ideología sionista socialista. Ahí creció Eitan y dos hermanitas. Una vez al mes los visitaba Rajmiel con su familia. Cada año se tomaban una fotografía que mandaban a México.

Cuando mi abuela aceptó que yo iba a ser escritora, que primero escribiría aquello que ella siempre quiso callar y después otras historias que explotan en mi sangre, una tarde me llamó a su cuarto, abrió despacio aquella maleta que había guardado siempre, ahora un poco derruida por el tiempo y la humedad. Adentro conservaba cosas que se llevaría si algún día tuviera que volver a huir. Evoqué cuando muchos años antes me había dicho: A veces la vida entera tiene que caber aquí, recuérdalo. Revolvió un poco, entre fotografías, el libro de poemas de Walt Whitman, un pañuelo bordado y un anillo de plata con forma de casa, encontró lo que buscaba. Tómalos, me dijo mostrando los cuadernos de Rajmiel, él me pidió que los conservara alguien que pudiera escribir su historia.

Los mandé traducir y hoy los mantengo siempre cerca de mí para nunca, nunca, olvidar que no nos podemos rendir sin haber peleado hasta el último respiro.

Más de sesenta años. México

Podía comprar cien naranjas por un peso, me dice Moishe cincuenta años más tarde, sin salir de su asombro. En Kiev solo nos daban una naranja si estábamos muy enfermos; yo las había visto pero nunca probado. ¿Te imaginas lo que sentí la primera vez que encontré en el mercado un puesto desbordado y el marchante casi regalándolas? México es una *gold land*, comenta en yiddish. Y su enorme sonrisa me abraza.

Y sí, mis abuelos siempre agradecieron su suerte. Porque una cosa es sobrevivir, otra es renacer.

Cada uno había abandonado su casa, a su familia, su idioma, sus sabores. Las tumbas de sus muertos. Las canciones de cuna repetidas a través de cientos de años, siempre las mismas, las costumbres arraigadas que hubo que extirpar de raíz. El abandono genera un hueco imposible de llenar, pero ellos sabían que ese vacío fue la única opción ante la inminencia del exterminio.

Arriesgaron todo para llegar al nuevo continente, lloraron ante la ausencia de una estatua de bronce, de un país rico, de una universidad, de unos hermanos. Pero a los pocos años, cuando se encontraron, cuando decidieron seguir caminando juntos, finalmente dejaron de pensar en *Amérike* e hicieron de México su hogar.

Muchas veces me contaban de los viajes para visitar a Nathan y Harry, ahora muy ricos, quienes los recibían ostentando sus mansiones en la 5ta Avenida de Manhattan y sus atuendos de magnates. A Moishe lo hacía muy feliz verlos, pasar juntos algunos días, convivir con sus sobrinos, a veces ir a visitar al primo Milton en Cleveland. Lo hacía más feliz volver a su casa, ahora en Polanco, la nueva colonia de la ciudad de México que crecía llena de residencias suntuosas y edificios cada día más altos.

Ahí, en Polanco, nació su tercera hija. Mi mamá me cuenta que su papá se desmayó cuando el doctor salió a informarle que el esperado varón era una hermosa niña. No sé si es cierto, lo que sí sé es que mi abuelo sonríe lleno de orgullo cuando ve a su hija, la más alegre, desparpajada y sabia de la familia.

Los abuelos viajaron por el mundo, compraron antigüedades en cada rincón del planeta, sacaron fotografías frente a monumentos y, después, regresaron a la mesa de su antecomedor en la que esperaba un *gefiltefish* con *Jrein,* una ensalada y un pollo al horno. Siempre té. Siempre mermelada de fresa hecha por las manos de mi abuela cada día más torcidas por la artritis.

Moishe construyó una de las distribuidoras más importantes de tubos, válvulas y conexiones, en ella dio trabajo a sus yernos mayores y eventualmente a un nieto. Y la familia, que hoy existe gracias a ellos, terminó por darlo por sentado. Aquí nacimos y la tranquilidad de vivir en un país en paz nos parece normal. Lo cotidiano generalmente no se agradece, y debería asombrarnos minuto a minuto.

Cuando comienzo a investigar para escribir esta novela, cuando comprendo que el camino estuvo bañado de sangre, de dolor, de una valentía que no poseo, me doy cuenta de que Moishe, ese hombre guapo, alto, de ojos verdes y pómulos prominentes hizo posible que todos los que llevamos su apellido tengamos una existencia abundante. Él, siempre junto a Ana, su compañera chaparrita, rubia de ojos increíblemente azules y con la fuerza que solo puede dar la determinación de sobrevivir y dar vida a los suyos.

Me astilla cada carta, cada fotografía, los nombres de los que llegaron y los de aquellos que quedaron enterrados en un fragmento de historia que creemos poder nombrar, que pensamos que puede contenerse en la palabra «genocidio» y que, sin embargo, rebasa cualquier vocablo, cualquier intento de comprensión. Los cadáveres de la historia que yacen en el lodo del odio no tienen religión, ni nacionalidad, ni lógica.

Se convierten en posibilidades truncas.

Y dolor.

Moishe tarareaba canciones rusas sin recordar la letra. Ana cantaba *La Internacional* sin olvidar ni una palabra. Moishe era de risa fácil, de carácter suave, generoso y alegre. Ana se tomaba la vida en serio, hablaba con los banqueros de tú a tú y compraba propiedades. Moishe se quejaba de que la comida que preparaba Ana le caía mal. Ella le decía que se estaba haciendo viejo.

Ana y Moishe vivieron juntos más de sesenta años.

1999. México

Se fueron muriendo todos. Las defunciones que mi abuela cargaba en sus tristezas por aquellos que no pudo salvar se unieron a las de quienes iban quedando en el camino. Porque así es la vida, siempre termina expirando.

Se fueron sus amigas, a las que el exilio unió; esa alianza tan poderosa, pues en tierras lejanas el único idioma en común son las miradas que intentan atravesar el mar para volver a un lugar que hace mucho dejó de existir. Solo quienes lo han sentido lo hablan y lo entienden.

Deberías tener un grupo para jugar barajas, me dijo algún día, así nunca te quedarás sin amigas. Y es que ella, que siempre prefirió leer un buen libro, viajar a un país exótico o platicar de economía con los más jóvenes, de pronto se vio sentada en la mesa de su antecomedor sola. Aunque ahí estuviéramos los que tanto la queríamos, imaginaba que en alguna otra mesa quizá estarían mujeres frente a un mazo de barajas. A mí no me invitan, piensa, porque nunca aprendí a jugar.

Murieron sus conocidas, después sus hermanas, al final su marido; la pérdida definitiva que la hizo sentir que ya no pertenecía a este mundo. Vivir 97 años implica ver y perder mucho.

Al final, también se marchó su cordura. La mujer brillante que tantas veces escuché discutiendo de política exterior, de la situación del mundo, de inversiones en bienes raíces, de pronto comenzó a olvidar. Primero se diluyó el presente; no recordaba lo que había hecho un día antes, dónde había dejado las llaves o se le escapaba el nombre de algún nieto. Después ya no supo dónde vivía ni quienes éramos los que tan afanosamente buscábamos procurarla y explicarle, con voz condescendiente, como si se tratara de una niña, que todo estaba bien, que ese era su departamento, que aquella era la mujer que llevaba cincuenta años sirviéndola. Que yo era su nieta más chica, la adoración de Moishe, su compañero de vida.

Amanecía llorando, creyendo que lo había perdido todo. No tengo dinero para comer, le explicaba a la enfermera que dormía a su lado. Y salía en bata a tocar las puertas de los condóminos que vivían en el edificio de Polanco que su esposo había construido para ella. Les pedía un poco de comida o de dinero. Los inquilinos le daban lo que quería y después nos llamaban para contarnos lo sucedido. Entonces mi mamá y mi tía Sarita decidieron ir al banco a comprar billetes de baja denominación para entregarle a Ana una bolsa llena y así tranquilizarla. Llegamos las tres, felices con el botín, volteamos la bolsa en el suelo y se formó un monte de billetes: Mira, mamá, eres muy rica, dijeron emocionadas sus hijas. Mi babi se puso como loca, comenzó a gritar que las iban a matar, que guardaran eso porque si las descubrían los soldados se lo robarían y las lincharían.

Mientras ellas trataban de convencerla de que todo estaba bien, yo me fijé en esas pupilas tan azules que sabían ver más allá. Mi abuela estaba de regreso en el gueto, en medio de un pogromo. De nada sirvieron los miles de kilómetros de travesía y los ochenta años alejada de la tierra que la vio nacer y después la expulsó como el vómito de algo venenoso. El exilio que la había salvado desapareció y regresó a su vida el miedo de estar en un lugar que se volvió verdugo.

Al poco tiempo, Ana se sumió en un silencio que agradecimos, pensando que al menos ya no sufría.

La última tarde, mi mamá y yo llegamos al departamento que guardaba nuestro pasado, tantas cenas en las que la familia completa se reunía en torno a una mesa, en torno a una tradición compartida. Primero nosotros, después también nuestros hijos. La mesa iba creciendo, mi abuela rezaba las velas, cubierta la cabeza por un pañuelo bordado, cantábamos y nos reíamos.

Al vernos llegar, la enfermera bajó la mirada. Casi no respira, nos dijo. Entramos a su cuarto y ahí, en la orilla de su cama, dormía mi babi. La sábana subía y bajaba a un ritmo tan lento que la espera entre un respiro y otro parecía eterna. Comprendí que era el momento de terminar esta historia que comenzó cuando esa enorme mujer de un metro cincuenta y cuarenta y tantos kilos decidió salvarse para salvarnos a todos. Decidió mirar hacia adelante y jamás voltear, porque solo en el futuro cabíamos nosotros; sus hijas, sus nietos, sus bisnietos, familias de su familia, apellidos nuevos, historias que pronto no incluirían la suya, tantas veces contada.

Aquí estamos y ella merece irse, pensé.

Le pedí a mi mamá estar a solas con ella. Me acosté a su lado, le tapé la cabeza con aquel pañuelo bordado con flores azules, como sus ojos cuando aún se abrían. Vete, babi, le susurré, aquí nos quedamos tranquilos, te vamos a extrañar como tú sabes que se extraña a quienes dan sentido a nuestra existencia, pero vamos a estar bien. Vete en paz. Vi sus labios moverse. Me acerqué para tratar de escuchar lo que sabía eran sus últimas palabras. En un suspiro casi inaudible me di cuenta de que estaba recitando los nombres de sus seres queridos. Minke… Yankl… Roze… Es por ellos que se aferra a la brizna de vida que queda en su cuerpo, pensé. Ella como único eslabón de esas historias. Abracé la piel arrugada y delgadísima que se adhería a los huesos de mi adorada viejita.

Tranquila, le dije al oído. Te prometo que ellos nunca serán olvidados.

Te prometo que yo pronunciaré sus nombres.

Agradecimientos

Por supuesto, a ustedes, mis adorados abuelos Ana y Moishe, que hicieron posible esta maravillosa vida en México. Hijas, nietos, bisnietos y tataranietos existen porque ustedes se atrevieron a sobrevivir.

A mi mamá, que cada día me cuenta una historia para mantener vivo el linaje. A ti, mamita, mi más grande ejemplo de cómo se debe vivir la vida para que cada día sea mágico.

Gracias a ti, maestra, amiga, cómplice de letras y de historias, Beatriz Rivas, por todas tus enseñanzas. Este libro pasó por las miradas brillantes y generosas de mi taller de escritura, sin ustedes no existiría: Federico Traeger, Eloina Gaxiola, Arantxa Tellería, Beatriz Graf, Beatriz del Villar, Camila Villegas, Sofia Carrandi, Claudia Martín Moreno. Gracias.

Marcos, mi compañero, a ti, con quien he cruzado océanos reales y metafóricos para llegar a esta orilla apasionante de amor, entrega y confianza. A esta orilla en la que nuestros hijos y nuestra nieta hacen que todo cobre sentido.

Gracias a todos los que me ayudaron con alguna historia, una investigación, alguna palabra que se volvió tinta: Alan Selsor, Marlon Maus, Becky Rubinstein F., José Rubinstein, Bela Schwaycer W.

Por supuesto, mi agradecimiento y mi corazón a Mayra González, enorme editora, a Maru Lucero, gracias por vestir mis letras con tu maravillosa portada y al equipo de Alfaguara, más que mi editorial, mi familia literaria.

A ti, Nayeli García, gracias por tu dedicación, profesionalismo y cariño para corregir mis letras, pulirlas y acompañarme en el proceso. Esta historia por siempre será nuestra.

Esta obra se terminó de imprimir
en el mes de noviembre de 2024,
en los talleres de Litográfica Ingramex S.A. de C.V.
Ciudad de México